CENTRE DE RESSOURCES
École

COLLECTION
Cascade

JEAN ALESSANDRINI

LE LABYRINTHE DES CAUCHEMARS

LES ENQUÊTES DU CAPITAINE NOX

RAGEOT-ÉDITEUR

« *Pense à ce que tu détestes le plus, et sois certain que c'est ta propre image.* »
Pierre Gripari

« *Puisque ces mystères nous dépassent, feignons d'en être les organisateurs.* »
Jean Cocteau
(Les Mariés de la tour Eiffel)

Collection dirigée par Caroline Westberg

Couverture : Jean Alessandrini
ISBN 2-7002-1189-8
ISSN 1142-8252

© RAGEOT-ÉDITEUR – PARIS, 1992.
Tous droits de reproduction, de traduction et d'adaptation réservés
pour tous pays. Loi n°49-956 du 16-07-1949 sur les publications destinées
à la jeunesse.

ATTAQUE

« ... Ah, mon ami ! Quel policier exceptionnel, quel prodigieux détective il faudrait être pour percer les secrets inavouables enfouis aux tréfonds de l'âme humaine ! Oh, bien sûr, je ne parle pas de l'âme humaine médiocre, ordinaire, étroitement conforme au modèle courant... mais de la vôtre, de la mienne, de celles, si rares, qui, brandissant à la face du monde le flambeau réfractaire de leur propre génie, n'acceptent de se soumettre qu'au seul caprice de la prédestination !

« Pour ma part, je n'essaierai pas de m'abuser plus longtemps, non plus que les autres, d'ailleurs – à quoi bon chercher à renier sa nature ? Je suis né pour le mal, et donc pour le crime qui en est l'expression idéale... Or, quel adversaire à ma mesure pouvais-je espérer trouver sur la rive opposée du bien, si ce n'est vous, cher inspecteur Phalène, vous, le policier exemplaire, le justicier vertueux, le limier infatigable, grand pourfendeur devant l'Éternel d'énigmes réputées insolubles ?

« Trêve de bavardages ! Je ne suis pas, contrairement aux apparences, l'homme des effets dilatoires. Vous seriez du reste parfaitement en droit *de me taxer de vantardise ou de vaine forfanterie si ma belle profession de foi ne s'assortissait d'un foudroyant morceau de bravoure... Sachez donc que j'ai perpétré à votre intention en plein cœur de notre capitale le meurtre le plus époustouflant qui se puisse concevoir. La scène où se joua cet acte douloureusement irréversible porte un nom :* Exotic Palace Hôtel. *Sans crouler sous le poids d'une renommée excessive, l'établissement en question n'en bénéficie pas moins d'une réputation flatteuse auprès d'une clientèle haut de gamme portée sur l'insolite. Ce n'est toutefois pas à un rendez-vous avec l'ange du bizarre que je vous convie ; apprêtez-vous plutôt à rencontrer dans leurs œuvres les démons turbulents du mystère et de l'effroi. Un petit conseil en passant : lorsque vous serez sur place, intéressez-vous plus particulièrement au contenu de la suite 31... Je ne doute pas un instant que ce que vous y découvrirez n'aiguillonne votre proverbiale perspicacité. Au milieu des corvées routinières qui gâchent un si remarquable talent, permettez-moi de vous offrir sur un plateau d'argent cette affaire d'envergure, inespérée pour votre avancement... sous la réserve expresse, naturellement, que vous parveniez à en dénouer la trame.*

«*La valeur inestimable que j'attache à ce cadeau de Noël à peine anticipé justifie pleinement à mes yeux l'outrecuidance que je mets à signer ce message "Votre dévoué bienfaiteur".* »

L'enregistrement s'interrompit sur cette pirouette.

D'un geste d'automate, l'inspecteur Phalène pressa la touche « arrêt » du lecteur et le boîtier cracha sa cassette comme un mauvais plaisant vous tire la langue. Le policier leva un œil dubitatif sur son vis-à-vis.

Lippe caoutchouteuse sous un appendice nasal démesuré, le commissaire divisionnaire Frusquint, dans le département duquel s'était déroulée l'audition, pianotait le bois de son accoudoir. Les deux hommes s'examinaient en chiens de faïence. Curieusement, le silence qui s'était installé de part et d'autre du bureau paraissait se nourrir d'une gêne réciproque davantage que d'une quelconque appréhension.

Apportant un point d'orgue au régime d'intempéries qui sévissait depuis le début du mois, cette journée du mercredi 11 décembre se caractérisait par une fâcheuse alternance d'averses brutales et d'accalmies non moins soudaines. La pluie, annonciatrice d'un énième retour à la tempête, se mit à frapper aux carreaux et entraîna dans son tempo frénétique la reprise de la conversation.

– ... Les dingues ne sont pas tous enfermés, marmonna fielleusement Frusquint. Comment diable ce machin a-t-il atterri ici ?

– Le plus simplement du monde, patron, répondit l'inspecteur en exhibant une enveloppe de kraft froissée. Le cachet indique que le pli a été posté rue du Louvre hier après-midi. Mon nom et l'adresse de la P. J. ont été composés au moyen de lettres-transfert afin de rendre aléatoire toute tentative d'identification graphologique. Si vous estimez qu'un relevé d'empreintes...

– Non. À mon avis, ça ne donnerait rien.

Les deux policiers continuaient de s'observer. Le climat de gêne, cependant, n'était en rien redevable au contenu du message proprement dit. Entachées d'un prudent anonymat, les dénonciations calomnieuses et les déclarations d'intention émanant de déséquilibrés, de pervers et de mégalomanes inassouvis, arrivaient chaque jour par sacs entiers au 36, quai des Orfèvres. Manuscrites, dactylographiées ou enregistrées, elles ne faisaient en général que trahir la venimeuse pathologie de leurs auteurs. La présente se distinguait du lot à divers titres.

Frusquint pensait en regardant son subordonné :

« ... Je comprends l'émoi de ce pauvre garçon. Reconnaître sa propre voix déversant un tel tombereau d'insanités... L'imitation, en tout cas, est absolument sensationnelle. Jusqu'à la similitude du timbre ! La seule différence – oh, imperceptible pour qui ne pratique pas Phalène journellement – réside dans le ton, ce ton comme distancié ; ce cynisme, cet aplomb, cette froide arrogance... Le problème, c'est que notre ami n'a pas une voix assez connue pour tenter un imitateur professionnel... Fonctionnaire d'une discrétion irréprochable, il n'a en outre, à ma connaissance, jamais répondu à l'appel des sirènes médiatiques, pourtant pressantes à la suite de son succès dans l'affaire

Grandville[1]... d'où l'impossibilité matérielle d'un montage truqué ou d'un habile repiquage à partir d'une bande magnétique. Alors, qui ? Qui peut bien être le farceur ? Parce que farceur il y a, nécessairement... Ses collègues ? Absurde ! La plaisanterie, du strict point de vue technique, se situe notoirement hors de leur compétence... Et si farceur il n'y avait pas ? Ou plutôt, si le farceur et sa victime désignée se confondaient en une seule et même personne ? Et si Phalène déménageait ? Si sa pauvre cervelle, trop longtemps frustrée de sa pâture de mystères, lui avait mijoté en coulisse l'alléchant préambule de je ne sais quelle fantasmagorie criminelle ? Mouais... Tout cela est bien beau, mais si un meurtre, un véritable meurtre... Ah ! Et puis zut ! Assez de si ! Il n'y a pas trente-six mille manières de crever l'abcès ! »

Les pensées de l'inspecteur empruntaient avec une impeccable simultanéité un cheminement parallèle. Phalène songeait en scrutant un point invisible par-dessus l'épaule de son supérieur :

« ... Ce ton familier... Cette tranquille insolence... Cette ironie mordante... Nox... Ce ne peut être que lui ! Détective de génie délibérément confiné dans l'obscurité de l'anonymat, il a dû finir par craquer ; vouloir affirmer par ce procédé douteux son moi écrasant. Est-il concevable qu'il n'ait manigancé ce canular que pour

---

1.Lire : *La Malédiction de Chéops*.

me mystifier... pour me punir de m'attribuer
– à mon corps défendant – ses exploits ? Si
c'est le seul moyen qu'il a trouvé pour m'annoncer son retour après quatre mois d'absence...
Au fait, pourquoi n'aurait-il pas découvert réellement, ainsi qu'il le laisse entendre, sa véritable
nature ? Une nature mesquine, jalouse... jalouse, passe encore, mais meurtrière ! Ou alors...
Ce serait trop horrible... Le plus grand détective
de tous les temps se muant en génie du
crime ! Bon sang ! Il n'y a qu'une façon d'en
avoir le cœur net ! »

– ... Et si nous allions faire un saut...

Frusquint et Phalène échangèrent un sourire de connivence qui transforma en un clin
d'œil leurs visages anxieux. En prononçant la
même phrase à la même seconde, le chien
courant qui sommeillait en eux venait de se
réveiller et de répondre à l'irrésistible appel de
la curiosité.

EXOTIC PALACE HÔTEL

La pendulette à quartz du tableau de bord indiquait seize heures quarante. Sous le ciel d'encre, le vent se déchaînait, charriant par rafales intermittentes une pluie glacée dont l'intensité s'échelonnait de l'ondée à la bourrasque en passant par l'averse.

Derrière le volant de la 305 de fonction, Frusquint était engoncé dans le tweed d'un pardessus épais. Il ne desserrait les dents que pour maudire les feux rouges dont la voiture faisait, il est vrai, une fertile moisson depuis le départ de la P. J. À son côté, Phalène, confiné dans son mutisme, regardait sans le voir le va-et-vient des essuie-glace.

La 305 s'engagea dans le boulevard de Latour-Maubourg. Tendues entre les platanes, les guirlandes d'ampoules se balançaient dans la tempête.

– ... Ça promet pour Noël, augura sombrement le commissaire qui ajouta après un silence lourd de réflexions informulées : Noël... Il va falloir penser aux cadeaux pour toute la famille... sans compter Mme Frusquint ! Comme si je n'avais que ça à faire...

Se tournant vers Phalène à l'occasion d'un nouvel arrêt-feu rouge :

– Vous n'avez pas ce genre de problème, vous, heureux célibataire !

Il reprit son soliloque au redémarrage.

– ... C'est tous les ans la même histoire... Tous les ans... À la fin du mois, bonjour 1997... Et une année de plus sur les épaules !

L'inspecteur écoutait à peine. Un frisson de malaise le fit se déhancher sous la ceinture de sécurité.

– Je... je suis désolé de vous imposer ce contretemps, bredouilla-t-il.

– Vous ne m'imposez rien du tout, l'exonéra Frusquint. Figurez-vous que moi aussi, j'ai envie de savoir...

– Vous connaissez l'*Exotic* ?

– Pas professionnellement. Autant que je me souvienne, il ne s'y est jamais rien produit de transcendant. Oh ! Bien sûr, j'ai eu maintes fois l'occasion de passer devant l'impasse Rhadamante... Difficile de ne pas remarquer cette architecture futuriste au milieu des immeubles environnants !

– Futuriste ? s'étonna Phalène qui avait potassé le sujet sur l'ordinateur avant de partir. Je dirais plutôt rétro. Sa construction remonte à 1935...

Derrière l'UNESCO, la voiture bifurqua dans la rue Alexandra David-Neel qu'elle longea sur deux cents mètres jusqu'à la fameuse impasse. Frusquint ralentit en vue de la grille d'accès et manœuvra tant bien que mal pour s'insérer entre deux grosses limousines. Ils descendirent. Leur double claquement de portières fut salué par une avalanche nourrie de petites billes blanches qui ricochèrent sur le trottoir miroitant.

– ... La grêle, maintenant ! bougonna Frusquint en remontant le col de son manteau.

Ils franchirent la grille au pas de course. Celle-ci donnait sur une allée bordée de platanes dénudés divisant une pelouse. Au bout se dressaient les six étages de l'*Exotic Palace Hôtel*. C'était un imposant parallélépipède de béton flanqué latéralement d'une verrière aux trois quarts cylindrique qui s'élançait du rez-de-chaussée à la terrasse. À travers le vitrage fumé qui assourdissait la clarté des veilleuses se devinait la torsade de l'escalier de service. La façade proprement dite, haute, droite, obscure sous la nuée de plomb, était entièrement aveugle ; le soubassement seul était éclairé par le rectangle lumineux de l'entrée et, au ras du sol, par la lumière blanche et discontinue d'une portée de soupiraux. Le nom de l'hôtel était gravé en capitales romaines sur le linteau de granite surmontant le portail. La sévérité du caractère apportait un contrepoint insolite à l'intitulé de l'établissement, lequel fleurait bon cet américanisme de pacotille qui avait été tellement en vogue entre les deux guerres. Même en cherchant bien, on ne discernait sur les montants aucun de ces blasons d'émail, étoilés, bariolés, censés indiquer la cote du palace dans les répertoires touristiques. Si l'*Exotic* pouvait se dispenser de publicité, c'est qu'il n'avait – et n'aurait jamais – à se préoccuper d'attirer la clientèle. Depuis soixante ans, le bouche à oreille avait toujours fonctionné sans défaillance dans les sphères les plus élevées de la haute société internationale.

Les deux policiers gravirent les cinq marches du perron. À l'abri sous l'auvent, ils essuyèrent leurs semelles sur le large paillasson rouge frappé des initiales E. P. H. entrelacées et dorées. Le sas giratoire de la porte à tambour les déposa à tour de rôle sur le seuil d'un hall en rotonde. Passablement empruntés, ils avancèrent sur la moquette vert wagon, ayant bientôt à s'écarter pour céder le passage à un jeune groom vêtu d'écarlate, les bras encombrés de valises rebondies. Ignorant l'effort de son portefaix, un poussah dédaigneux, emmitouflé dans une pelisse d'astrakan et précédé d'un Davidoff, lui emboîtait le pas vers la sortie.

Assises à l'écart dans des fauteuils club, deux Américaines hors d'âge ponctuaient de gloussements la lecture qu'une troisième leur prodiguait du dernier numéro de *Vanity Fair*, pendant que, derrière son comptoir, le chef-réceptionniste vaquait au classement du courrier de l'après-midi. Sa besogne achevée, il regarda venir à lui cette paire d'intrus qui cadrait aussi mal que possible avec l'ordinaire – l'extraordinaire plutôt – de sa clientèle. Le concierge se tenait droit, le buste bien pris dans une livrée arborant les traditionnelles clés d'or croisées, brodées au revers du col.

L'homme leva un menton interrogateur et s'enquit :
– Messieurs...
– Euh... Police... chuchota Frusquint, conscient qu'il n'effectuait pas une descente dans un hôtel borgne.
– Je vous écoute.
– Hum ! toussota le commissaire. Il serait préférable, si cela est possible, que nous voyions votre directeur...
Le regard noisette voyagea de Frusquint à Phalène et de Phalène à Frusquint. Une moue approbatrice sanctionna cet examen.
– Je pense que c'est faisable. M. Boulpe est dans son bureau.
Le préposé décrocha, ce disant, le plus proche téléphone et composa un numéro de trois chiffres. On perçut aussitôt un déclic à l'autre bout du fil.
– Allô, monsieur le directeur...
– ...
– ... Oui... J'ai ici deux policiers...
Les intéressés entendirent nettement dans le récepteur les derniers mots répétés en écho interrogatif, presque scandalisé.
Attentif aux consignes qu'on lui répercutait, le réceptionniste hocha la tête à de multiples reprises en débitant une obséquieuse litanie de « Bien, monsieur le directeur », après quoi il reposa le combiné sur sa fourche.
– M. Boulpe va vous recevoir. Si vous voulez me suivre...
Il enjamba la marche de l'estrade d'arrière-

comptoir et quitta son enclos, confirmant une taille légèrement inférieure à la moyenne, puis précéda les enquêteurs vers un couloir de plain-pied. De loin en loin, les murs de couleur crème s'auréolaient du halo diffus des appliques d'acier, ciselées du monogramme E. P. H. obsessionnellement rabâché. La dernière porte s'ornait d'une petite plaque étincelante au nom de Séverin Boulpe, directeur-administrateur. Le concierge frappa discrètement. La réplique immédiate fut un « Entrez ! » sonore, mais non discourtois. Les trois hommes obtempérèrent. Ils avaient pénétré en file indienne, mais se rangèrent instinctivement côte à côte en s'arrêtant au centre de la pièce.

Le maître des lieux se leva de derrière son bureau. Complet anthracite, gilet gris souris barré d'une chaîne de montre. La taille, moyenne, se renflait à la ceinture d'un léger embonpoint. Le visage était ouvert, accommodant, sans afféterie. Autour d'une calvitie valorisant un crâne irréprochablement hémisphérique, une trame de cheveux noir corbeau lissés au peigne fin descendait des temporales à la nuque. Le tracé délicat des lèvres s'accentuait d'une paire de moustaches circonflexes qui soulignaient encore, s'il en était besoin, l'involontaire impertinence du nez retroussé. Sous l'arc des sourcils, on devinait que les yeux bleu saphir savaient conjuguer au gré des circonstances une gamme étendue de sentiments, mais pour l'heure ils n'en traduisaient qu'un seul : la perplexité.

Un fume-cigarette chargé et fumant reposait sur le créneau d'un cendrier de cristal. Séverin Boulpe s'en empara d'un geste délié et l'emboucha. Il marmonna à l'adresse de son employé :

— Ce sera tout, Florian. Je vous remercie.

Le nommé Florian tourna les talons et s'éclipsa.

— ... Maintenant, messieurs, que puis-je pour vous ?

— D'abord, permettez-moi de nous présenter, commença le premier policier. Voici l'inspecteur principal Richard Phalène, et je suis le commissaire divisionnaire Lionel Frusquint.

Le directeur de l'*Exotic* arrondit les lèvres, rata deux anneaux de fumée, et laissa tomber un « Enchanté », virtuellement suivi d'une ribambelle de points de suspension.

Frusquint se racla la gorge.

— Euh... Hum ! Voilà ce qui nous amène : par une indiscrétion sur laquelle il serait superflu de s'étendre, nous avons été avertis qu'un événement grave se serait – je dis bien se serait – déroulé dans votre établissement...

— ... Un événement grave... Chez moi ? releva Boulpe en se cabrant.

— ... Et plus particulièrement dans la suite 31, continua le commissaire, plus que blasé sur le chapitre des vertueuses indignations.

L'hôtelier avait digéré l'entrée en matière. Il répéta rêveusement : « La suite 31... », enchaînant dans un murmure :

— ... La chambre des antipodes...

— Je vous demande pardon ? fit le commissaire, non moins intrigué que son subordonné.

Découvrant le regard sceptique de ses interlocuteurs, le directeur jugea bon de développer :

— Chacune de nos suites comporte une chambre, disons... exotique... C'est du reste ce qui fait la caractéristique essentielle – d'aucuns diraient le charme – de la maison. En ce qui concerne la 31, il s'agit d'une pièce aménagée dans le style polynésien. Vous savez, les mers du Sud... Par tradition, nous l'appelons la chambre des antipodes.

— Cette suite est-elle occupée actuellement ?

— Mais... certainement. Par M. Glastonbury Chan.

— Un étranger ?

— M. Chan est un oriental. Métis anglo-chinois, je suppose... Nous ne connaissons pas au juste sa nationalité.

— Il n'a pas rempli de fiche d'identité ?

— Oh, il n'a pas eu à le faire personnellement. M. Chan n'est pas ici en touriste. La société qui l'emploie s'est chargée de cette formalité avant son arrivée. C'est elle qui a effectué la réservation voici cinq ou six mois.

Frusquint allait s'enquérir du nom de la société, mais il sentit son témoin potentiel au bord de l'exaspération. Il s'en fallait d'un cheveu, désormais, pour que l'entretien dégénérât en interrogatoire. Phalène s'en avisa, et résolut de prendre le relais en douceur.

— M. Chan est à l'hôtel, en ce moment ?

Boulpe tapota nerveusement son fume-cigarette dans le cendrier jusqu'à l'extinction du mégot.

— Venez avec moi, lâcha-t-il dans un soupir avant de rabattre sur le hall l'incontournable tandem.

— ... Dites-moi, Florian... M. Chan est chez lui ?

L'interpellé virevolta sur lui-même, consulta le casier 31, puis, opérant un nouveau demi-tour, répondit :

— Je le pense, monsieur. Sa clé n'est pas au tableau.

— Pouvez-vous avoir l'amabilité de vous en assurer ? demanda Phalène.

Le réceptionniste mit encore le combiné téléphonique à contribution. On perçut cette fois la ponctuation explicite d'une tonalité syncopée.

— Pas libre, commenta le concierge.

— ... C'est drôle, intervint le chef de rang venu entre-temps soumettre le menu du soir. Je l'ai appelé tout à l'heure pour lui demander s'il descendrait dîner, et sa ligne était déjà occupée.

Boulpe haussa les épaules.

— Bah ! M. Chan est libre de passer des heures au téléphone si ça lui chante !

Le commissaire était moins détendu. Il eut un claquement de langue agacé et exigea plus qu'il sollicita :

— Pour apaiser nos craintes, nous voudrions voir ce monsieur. Ça ne nous prendra qu'un instant.

– S'agit-il d'une vérification d'identité ? s'inquiéta Boulpe.

– ... Même pas ! s'empressa Frusquint avec une jovialité si visiblement feinte qu'elle ne fit que redoubler l'anxiété naissante de l'hôtelier.

– C'est bon, consentit ce dernier. Je pense que M. Chan ne verra pas d'inconvénient à vous recevoir quelques minutes.

Les trois hommes se dirigèrent vers les ascenseurs.

Un tintement aigrelet signala le troisième étage. La double plaque coulissante de la cabine s'ouvrit sur un corridor tendu d'un long tapis grenat desservant une perspective de portes closes. Ils arrivèrent devant un panneau de bois noir ciré indiquant à hauteur d'yeux en chiffres dorés le nombre 31. Le directeur appuya sur la sonnette.

– Une sonnette... pour une chambre... Euh... pour une suite d'hôtel ?

– L'*Exotic* n'est pas un hôtel comme les autres, commissaire, signifia Boulpe avec patience. Les murs y sont si épais, les volumes habitables tellement vastes, que si je me contentais de frapper, M. Chan n'entendrait rien.

Le cicérone apportait ces précisions en insistant sur le timbre, dont on ne percevait effectivement qu'un écho lointain.

– Laissons-lui le temps de se débarrasser de son correspondant, préconisa-t-il.

Les minutes passèrent. Le trio tendait l'oreille, guettant avec espoir un bruit de pas, une quelconque manifestation de vie. Rien ne vint.

– Bizarre, reprit Boulpe, sourcils froncés. M. Chan est là, de toute évidence. Bah ! spécula-t-il pour se rassurer, il fait un somme, ou alors il est dans son bain...

– Il a l'habitude de téléphoner dans son bain ? émit l'inspecteur d'une voix insinuante.

Le directeur le fixa, gagné par le doute. L'idée de l'accident stupide venait de l'effleurer. Il dansa d'un pied sur l'autre et explosa :

– Eh bien, voilà, messieurs... Vous avez réussi à m'alarmer !

– Il est peut-être dur d'oreille, hasarda le commissaire.

– Non, non. Il ne m'a jamais donné cette impression.

Boulpe lâcha le bouton de sonnette après une énième tentative et s'éloigna sans plus d'explications. Quand il fut près des ascenseurs, il décrocha le téléphone mural.

– Il appelle le réceptionniste à la rescousse, chuchota Frusquint.

Retour de l'hôtelier qui annonça :

– Florian monte avec un double de la clé.

– Une telle chose s'est-elle déjà produite ? s'informa Phalène.

– Pas que je sache. Oh ! Certes, il lui est parfois arrivé de rester plusieurs jours sans mettre le nez dehors, cependant...

Un voile de silence tomba sur l'indication implicite, confinant chacun dans une fébrile expectative.

– Ah ! Voici Florian.

Ils virent le concierge sortir de la cabine et

s'élancer vers eux en brandissant une clé. Le directeur se saisit du passe et l'introduisit aussitôt. Ils entrèrent. La lumière étant faite, ils traversèrent un long vestibule distribuant à droite une salle d'eau et les commodités, à gauche une kitchenette. Plus loin, un miroir d'angle renvoyait l'image d'une patère aux crochets de laquelle pendaient un manteau, un chapeau mou et une écharpe écossaise. Sur une tablette, la trousse de cuir fatigué aurait pu être celle d'un vieux médecin de campagne. La première pièce était un salon spacieux, carré, d'environ une dizaine de mètres de côté, haut de plafond, qui paraissait encore agrandi par sa blancheur clinique. Des appliques en demi-vasques éclairaient un mobilier impersonnel. Bibliothèque fournie, bar bien garni, cosy-corner incluant un lit à une place, guéridon couvert de périodiques, équipement audio-visuel dernier cri, fauteuils. Au fond de la pièce, un escalier droit à double rampe d'acier étagé de treize strates en verre dépoli montait à la rencontre d'une porte cadrée de métal. Le palier, rampe comprise, frôlait le mur sans le toucher. « Une concession au style aérodynamique qui était de rigueur avant guerre », supputa Phalène. La porte, elle, se situait à mi-hauteur du mur, et pratiquement à mi-largeur n'eût été un léger décentrage.

– Nous sommes ici dans l'antichambre, déclara Boulpe, parodiant sans malice l'intonation d'un guide de musée. Un ameublement standard, commun à toutes nos suites…

– La... chambre des antipodes ? questionna l'inspecteur en désignant le battant fermé en haut des marches.

– Tout juste, répondit le propriétaire du palace avec une étrange ferveur. Ici s'arrête notre quotidien. De l'autre côté...

– ... Montons sans perdre un instant ! coupa Phalène.

Il s'engagea le premier dans l'escalier dont il avala les degrés quatre par quatre. Son accès de panique avait été contagieux : il eut bientôt les trois autres sur les talons. Boulpe, arrivé bon dernier, bouscula ses devanciers. Il commença par toquer le bois de la porte de son index replié – ici, pas de sonnette –, puis, saisi d'angoisse, s'enhardit à frapper de toutes ses phalanges ; sans plus de résultat. Ses prérogatives lui interdisaient d'aller au-delà. Frusquint, en revanche, ne s'estimait aucunement astreint à cette réserve. Il entreprit d'actionner la poignée. En pure perte.

– Bouclée, commenta-t-il, laconique.

Phalène s'accroupit, colla son œil au trou de la serrure et constata :

– La clé obstrue l'orifice.

– *Bis repetita placent,* cita le commissaire. Interpellant Florian : Allez donc chercher un double de celle-ci ; pendant ce temps, nous la pousserons hors de sa tanière...

Boulpe eut un geste fataliste.

– Il y a un hic, messieurs. Nous ne possédons pas de double des clés intérieures. Elles n'existent qu'en exemplaire unique, et nos locataires en sont seuls détenteurs...

– En ce cas, décida Phalène, nous n'avons plus qu'une solution : enfoncer la porte !

– Vous déraisonnez ! s'indigna Boulpe. Jamais une chose pareille...

– Je prends la responsabilité de l'effraction ! trancha Frusquint.

D'autorité, les deux policiers prirent leurs distances autant que la largeur du palier le permettait, puis ils chargèrent sus au panneau. Ils durent mobiliser par trois fois le boutoir de leur épaule gauche. À la dernière ruade, le bois du chambranle craqua, la serrure éclata, et la porte tourna violemment sur ses gonds. La lumière brillait. Ce qu'ils découvrirent de l'autre côté justifiait amplement leur appréhension.

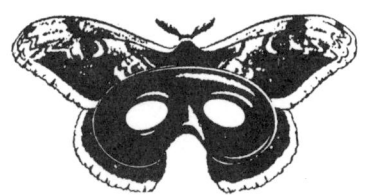

LA CHAMBRE DES ANTIPODES

Du haut de son perchoir, sous l'avancée rebiquante d'une étrave en pagode, le quatuor hébété venait de recevoir la terrible sanction de sa curiosité. Il dominait à mi-hauteur une pièce carrée, à peine moins spacieuse que l'antichambre, une flamboyante succursale exotique où la mort n'en finissait pas de s'incruster en invitée abusive.

Au-delà du vantail défoncé, le palier libéré formait le niveau supérieur d'un second escalier en parfaite symétrie avec le précédent. Là s'arrêtait leur similitude, car celui-ci déclinait une succession de lourdes traverses en bois de teck couvertes d'une longue natte de raphia. La double rampe escortant l'étage était faite de bambous ajustés par des brêlages en fibres de lin, le tout uniment vernissé. À la base des marches se dressait à gauche un totem massif sculpté de figures polychromes dont la dernière – un petit personnage trapu, les bras en équerre – atteignait presque le plafond. Le second totem, qui aurait dû lui faire pendant à droite, avait été arraché et jeté à bas. Il avait écrasé dans sa chute les dossiers de deux fauteuils en rotang et fortement endommagé le plateau-miroir d'une table basse. Le grand bureau aux montants cannelés lui avait échappé de peu. À la surface de celui-ci, une lampe de style colonial dont l'abat-jour avait voltigé à l'autre extrémité de la pièce voisinait avec un gros ventilateur d'ébonite aux pales engrillagées. Répartis le long des plinthes lambrissées, les accordéons de fonte de trois radiateurs agrippaient le plancher de leurs pieds en spatules. Le mur du fond alignait au-dessus des boiseries une dizaine de panneaux décoratifs rectangulaires composés de myriades de perles. Les canevas reproduisaient une variété bigarrée de motifs géométriques à base de losanges et de zigzags. Deux d'entre eux pendouillaient depuis l'encoignure du plafond. De petites billes multicolores s'échappaient avec une régularité lancinante des châssis brisés pour rebondir sur les lattes marquetées. Ces panneaux se distribuaient de part et d'autre d'une panoplie de guerrier maori dont ne subsistait au mur qu'un bouclier tressé. Les éléments de cette panoplie – sagaies, casse-têtes et masques d'écorce – gisaient à terre, pêle-mêle. Pareillement terrassé, un haut paravent en écailles d'eucalyptus jonchait le sol de ses cinq composants démantelés. Debout et déployé, il eût caché la natte déroulée et l'appuie-tête résumant une literie d'appoint. Le mur de gauche se flanquait d'une pesante armoire dont les battants de bois dur s'ornaient de spirales tracées par piquetage, ainsi que des tatouages d'aborigènes. Dans cette même zone, le parquet disparaissait sous un enchevêtrement végétal en réduction consécutif au renversement de trois palétuviers-bonsaïs entièrement dépotés. Le terreau avait été comme aspiré hors des bacs de lave solidifiée. En retrait dans le coin droit, un petit abri clos aux parois de raphia hébergeait un cabinet de toilette. Quand il fut en mesure de le faire, Boulpe expliqua que l'édicule était destiné aux ablutions impromptues et, plus prosaïquement, à la satisfaction des besoins immédiats du pensionnaire. Il rappela que l'équipement sanitaire proprement dit se tenait au-delà même de l'antichambre, dans l'entrée de la suite.

Il y avait enfin le mur de droite, intégralement recouvert, à l'exception des lambris, par un bas-relief géant peuplé d'une impressionnante intrication de gnomes gesticulants. Illusion, sans doute, ils paraissaient ricaner de l'effarement des intrus.

À la surprise de ce brutal dépaysement s'ajoutait évidemment le traumatisme de l'horreur insigne qui étreint tout individu normalement constitué lorsqu'il se voit confronté à une macabre découverte. Or, pour être macabre, atroce même, celle-ci l'était, indubitablement.

Au milieu des décombres, sur le parquet lustré, le cadavre se signalait par sa posture inattendue. L'homme était ramassé sur lui-même, fessier en surélévation, buste versé en avant, bras écartés en ailes d'avion, jambes pliées dans un agenouillement décalé. La tête – ce qu'il en restait – était plongée vers le bas comme si elle essayait de forer le plancher. Tout autour, une large flaque de sang étoilée s'empâtait par assèchement. À cette vision, les deux hommes de l'hôtel s'étaient cramponnés à la rampe, pétrifiés d'épouvante. Plus aguerris, mais non moins commotionnés, Frusquint et Phalène descendirent les marches et se dirigèrent d'un pas encore mal assuré vers la pitoyable dépouille de ce qui avait été M. Glastonbury Chan.

– L'Identité judiciaire... Tout de suite... gargouilla le commissaire.

Il y avait un téléphone mural, un modèle archaïque avec cornet émetteur. L'inspecteur enfonça la touche pour rétablir la ligne et, ayant enrobé le combiné dans son mouchoir, composa le numéro de la P. J.

– Ah ! Nom de D... ! jura Frusquint qui avait heurté par inadvertance le côté du cadre encore valide de la table basse. Il se mit à pester en se massant le tibia. Ma parole ! s'exclama-t-il après vérification, les meubles sont rivés au sol !

– ... Les tremblements de terre, commissaire ! Les tremblements de terre ! lui lança Boulpe qui, suivi comme son ombre par le concierge, avait surmonté sa répulsion et les avait rejoints.

– Les tremblements de terre ? répéta Frusquint, interloqué.

– Ils sont fréquents dans les mers du Sud, souligna le directeur. C'est un usage, là-bas, d'arrimer le mobilier et, dans la mesure du possible, les fournitures domestiques les plus fragiles...

– ... Dans les mers du Sud, peut-être, glapit le policier, mais pas dans le VIIe arrondissement !

Il allait épiloguer sur la notoire improbabilité du phénomène sous nos latitudes, lorsque, frappé par l'évidence du désordre ambiant, il se ravisa.

« ... Mais non ! », se récria-t-il aussitôt intérieurement. « Ce saccage peut à la rigueur accréditer la présomption d'une bagarre homérique ou celle d'une fouille acharnée, voire les deux réunies, mais un tremblement de terre... Pourquoi pas un raz-de-marée ! »

– ... Voyez-vous, développa Boulpe, nous garantissons à notre clientèle un exotisme absolu fondé sur une reconstitution scrupuleuse, quasi ethnologique, des intérieurs tels qu'en leur milieu originel...

– L'Identité est en route, patron, annonça Phalène en raccrochant.

Chacun ressentit qu'il était urgent de détendre l'atmosphère dans l'attente des spécialistes. Vu les circonstances, cela équivalait certes à tenter l'impossible, mais on doit à la vérité de dire que le gérant du palace s'acquitta au mieux de cette mission.

– ... Sachez, messieurs, que la prise en compte d'éventuels séismes, pour aléatoire qu'elle paraisse, n'est pas la moindre singularité de ce local. À mon entrée en fonction, voilà trente ans, le précédent propriétaire, lui-même instruit par son prédécesseur, me confia que le décorateur chargé à l'origine d'aménager la chambre, un brillant expert féru d'art océanien, était de surcroît un maniaque du détail, un véritable monstre d'exigence. Tenez, prenez par exemple les sanitaires annexes... (Il montra la porte à double volet du petit cabinet de toilette) ... Eh bien, les plombiers d'avant-guerre durent accomplir d'authentiques prouesses techniques pour que l'écoulement des eaux usées se conformât à la force de Coriolis...

– La force de qui ? aboya presque le commissaire.

– Une loi physique, patron, intervint Phalène qui récita, bon élève : dans notre hémisphère, les liquides s'évacuent par les bondes dans le sens contraire des aiguilles d'une montre, mais aux antipodes, c'est l'inverse.

Boulpe dédia une œillade admirative au brillant sujet. Les policiers, à la réflexion, n'étaient pas tous des lourdauds sans culture.

– ... N'allèrent-ils pas jusqu'à intégrer de minuscules pompes aspirantes dans le col des tuyauteries ! Mais notre pointilleux décorateur ne souhaitait pas s'arrêter en si bon chemin... Toujours selon l'ancien propriétaire, il aurait manifesté des caprices plus délirants encore, caprices dont nul ne sait au juste s'ils furent jamais exaucés...

Frusquint laissa échapper un grognement, puis suggéra à son subordonné :

– ... Si nous nous occupions du corps ?

Glastonbury Chan était vêtu d'un ample pantalon de flanelle grise et, sur le versant plongeant de sa personne, d'une veste molletonnée de couleur bordeaux. Les deux pans déployés d'une écharpe de laine entourant le cou s'amalgamaient au sang de la flaque. Une paire de lunettes brisée surnageait à proximité. Contournant avec lenteur le cadavre, Phalène s'étonna un peu de ce qu'un homme si manifestement soucieux de son confort vestimentaire fût chaussé de santiags. Une bonne paire de pantoufles fourrées eussent davantage convenu aux goûts casaniers qu'il prêtait à la victime.

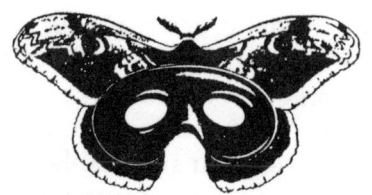

PREMIÈRES INVESTIGATIONS

Les représentants de la Protection civile – pompiers, gendarmes, secouristes – investirent la suite 31 dès dix-huit heures quinze. Un tel attroupement n'étant guère de nature à favoriser la sérénité d'une enquête, surtout dans ses préliminaires, seul le personnel d'encadrement fut admis sur les lieux du drame. Cette poignée d'hommes vint donc grossir le carré préalablement formé par le médecin légiste et le photographe de l'Identité judiciaire, sans oublier les inspecteurs Charmat et Lombric, lesquels avaient eux-mêmes rejoint Frusquint et Phalène dans le quart d'heure précédent. Ces derniers continuaient à s'entretenir avec un Séverin Boulpe dont l'accablement croissait à mesure des arrivages. Étant donné les circonstances, le directeur de l'*Exotic Palace Hôtel* s'était résigné à l'idée qu'il ne pourrait plus se dérober à un interrogatoire en règle. Quant à Florian, il fut autorisé à se retirer afin de recouvrer ses esprits, sous promesse qu'il revînt dans la demi-heure pour se soumettre à son tour au feu roulant des questions.

L'inspecteur Charmat se présenta au rapport.

– ... J'ai vérifié pour la serrure, patron, fit-il en montrant la porte en haut des marches. (Il exhibait dans sa main droite une clé étincelante de modèle ancien dans l'anneau de laquelle, professionnel avisé, il avait glissé un crayon à bille.) Elle était fermée à double tour. Hum ! Si l'on considère qu'il n'y a pas de fenêtres, ni aucune voie d'accès praticable non seulement dans la chambre mais dans la suite elle-même...

Frusquint interrompit son subordonné d'un geste abrupt. Il ne tenait pas à ce que l'accent fût mis d'emblée sur l'aspect le plus incompréhensible de l'affaire. Charmat comprit le message et alla se faire pendre ailleurs.

– ... Pour ce qui concerne l'absence de fenêtres, cela correspond au souci de couleur locale, indiqua Boulpe. Je vous laisse imaginer le désarroi du locataire de la chambre de l'Inca, de la salle tibétaine ou du triclinium romain, découvrant par une baie inopportune le décor quotidien de la rue... Cela eût été de nature à détruire l'illusion.

Il embrassa la pièce d'un regard panoramique et soupira :

– M. Chan cadrait si bien avec ce décor...

– Vous nous avez bien dit que vous ignoriez de quel pays il était ressortissant, relança Phalène.

– Nous ne l'avons jamais su avec précision. Toutefois, le fait que l'on ait réservé pour lui la suite 31 laisserait supposer...

– Si vous nous parliez de cette fameuse société...

– Son nom ! réclama Frusquint, tranchant.
Le directeur grimaça une moue chiffonnée.
– Écoutez, M. Boulpe, s'énerva le commissaire, nous ne vous demandons pas de divulguer un secret d'État. Je vous rappelle qu'il y a eu mort d'homme, et que de ce fait...
– ... Une société anonyme. La Mortifer S. A., jeta l'hôtelier d'un trait. Nous recevons le règlement du séjour de M. Chan par un chèque barré mensuel émanant de la Banque Fromonthal à Genève.
– M. Chan était ici depuis cinq ou six mois, se remémora Phalène. Cela fait un bail.
– Rien d'exceptionnel. Nous avons des pensionnaires beaucoup plus assidus. Certains louent à l'année. Le charme de Paris...
– ... Et des Parisiennes ! insinua Frusquint, l'œil allumé. À ce propos, recevait-il des visites ?
– Pas celles auxquelles vous semblez penser, en tout cas ! s'insurgea Boulpe. Ce n'est pas le genre de la maison !
– En somme, pas de visites.
– Je n'ai pas dit cela. Environ tous les quinze jours, un particulier se présente à la réception et demande à le voir. Toujours le même. Le genre homme d'affaires. Élégant. Costume trois-pièces... attaché-case... À mon avis, le fondé de pouvoir de la Mortifer. Si je puis avancer une opinion personnelle, ces visites régulières pourraient avoir pour motif le contrôle de l'avancement des travaux que M. Chan effectuait pour cette compagnie. Éventuellement la rémunération desdits travaux...

– Cet homme… un Français ?
– Je le crois.
– Signalement ?
– Une épaisse chevelure rousse bouclée. Moustaches et barbe à l'avenant. Manteau léger, gants de pécari…
– La taille ?

L'hôtelier considéra alternativement ses interlocuteurs, optant en dernier ressort pour l'inspecteur.

– À peu près votre taille… Oui. Votre silhouette aussi, d'ailleurs.

Phalène blêmit. Nox habilement grimé et déguisé aurait pu être cet homme. Il évita le regard scrutateur de son supérieur.

– À quand remonte la dernière visite ?
– À hier matin, vers dix heures.
– Hier mardi, donc… rumina le commissaire. Avez-vous vu M. Chan après son départ ?
– Mais oui. M. Chan est sorti normalement, comme chaque jour ou presque, vers midi.

Frusquint sentit que Phalène brûlait de poser une question. Il lui passa le témoin.

– Vous nous avez dit que la Société… Mortifer avait souscrit la réservation…
– Je confirme.
– Cette demande a-t-elle été négociée par écrit ?
– Non. Par téléphone, comme c'est souvent le cas.
– À l'époque, votre correspondant a-t-il insisté pour que M. Chan occupât la suite 31, ou tout autre logement l'eût-il agréé ?

– Non, non. Il a bien spécifié son choix ; il lui fallait la 31. Par chance, celle-ci se trouvait vacante.

– Vous n'avez aucune idée de la profession de la victime ?

– Aucune. En tout cas, il ne chômait·pas. Aux dires de la camériste, des monceaux de paperasses avaient envahi la chambre, et il avait formellement interdit qu'on y touche. Il se montrait du reste excessivement méfiant sur ce chapitre, à telle enseigne qu'il demeurait planté ici tandis que notre brave Olga officiait. Comme si ses papiers avaient pu intéresser cette pauvre femme à un titre ou à un autre...

– Cette... Olga, depuis quand travaille-t-elle chez vous ?

– Elle ? Elle fait partie des meubles ! Croyez-moi, ce n'est pas le genre Mata-Hari !

Frusquint revint à la charge.

– ... L'attitude de la victime... Parlez-nous un peu de sa manière d'être avec les uns et les autres.

Le directeur se composa un masque ouvertement désabusé.

– À ma connaissance, il ne fréquentait personne dans l'enceinte de l'établissement. Quant à son caractère, je présume qu'à l'instar de beaucoup de solitaires, la maniaquerie avait dû déteindre sur son comportement. Par exemple, il était d'une ponctualité de métronome. Lorsqu'il descendait prendre son petit déjeuner, on savait qu'il était sept heures trente précises. Il remontait ensuite et passait la matinée, la journée parfois, dans sa chambre. Les jours où il sortait, à midi invariablement, il déjeunait dehors – s'il déjeunait – et revenait sur le coup de dix-huit heures, dix-huit heures trente. Je le revois encore avec sa vieille serviette de cuir... De temps en temps, il se mitonnait un repas froid dans sa kitchenette, mais le plus souvent il dînait à vingt heures tapantes au restaurant de l'hôtel. En règle générale, il passait ses week-ends ici. Des week-ends studieux, à mon avis.

– Il n'a jamais dérogé à ce train-train ?

– Si, à deux reprises, le mois dernier. Il s'est absenté chaque fois trois ou quatre jours d'affilée... non sans nous en avoir avertis au préalable, par simple correction.

– Vous paraissez admirablement renseigné sur ses habitudes.

– Ma foi, nous nous efforçons de rester discrets, mais cela ne nous empêche pas de nous intéresser à la clientèle. C'est bien naturel. Et puis au bout de six mois...

– Vous nous avez parlé de papiers, mais nous n'en voyons aucune trace, fit observer Phalène.

– Tiens, c'est vrai, reconnut l'hôtelier. Bah ! Ils sont probablement rangés dans sa serviette...

L'inspecteur Lombric arriva à point nommé, muni du cartable. Après un hochement de dénégation, il l'ouvrit et le renversa, faisant mine d'en vider le contenu. Rien ne tomba.

– ... Ou peut-être, se défaussa Boulpe, en

avait-il fini avec son travail et livré la teneur à ses employeurs juste avant le... le...

– ... Va pour le meurtre, adjugea placidement le commissaire.

– Un meurtre... à l'*Exotic*... bredouilla le directeur, hagard jusqu'à l'incrédulité tant les deux termes lui semblaient incompatibles.

Il avala sa salive et poursuivit, essayant de se raccrocher à un ultime espoir :

– ... Mais... mais... C'est inconcevable ! Ainsi que l'a fait remarquer votre inspecteur, cette chambre ne comporte aucune issue praticable... à l'exception de la porte, fermée à double tour de l'intérieur !

– C'est un meurtre ! assena Frusquint, catégorique.

Boulpe leva sur ses inquisiteurs un visage défait.

– Je vous en supplie, messieurs, implora-t-il, n'ébruitez pas cette malencontreuse affaire...

– Nous ne le ferons pas plus qu'il ne sera nécessaire à la bonne marche de l'enquête, promit le commissaire, bon enfant, ainsi qu'il seyait à sa fonction.

Le directeur s'en fut sur ces mots, à peine rasséréné. On n'aurait plus besoin de ses lumières, pour le moment du moins. Il monta l'escalier en agitant ses bras comme un volatile empêtré dans le mazout d'une marée noire.

Le photographe de l'Identité en avait terminé. Volnard, le légiste, virevoltait à croupetons autour du cadavre si étrangement fracassé. Il touchait à peine la dépouille, écartant délicatement du bout de ses doigts gantés de caoutchouc le col et les poignets de la veste molletonnée.

– Je n'ai jamais rien vu de tel, déclara-t-il en se relevant ; enfin, jamais dans un intérieur...

Frusquint balaya d'un geste large le décor délabré.

– Une fameuse empoignade, hein ? Regardez-moi ce désordre !

Volnard fit une lippe de brochet et réfuta distraitement l'assertion.

– Le corps ne révèle a priori aucune trace de lutte.

– Une fouille sur grande échelle, alors ?

L'esprit ailleurs, le légiste marmonna un vague « Moui... C'est plus vraisemblable... », puis revint à son observation initiale.

– ... Je n'ai vu qu'une seule fois un cadavre dans un état pareil : un suicidé, auto-défenestré d'un vingt-cinquième étage. La puissance de l'impact, la position des membres, la flaque de sang en étoile... autant d'éléments qui donnent à penser qu'il a plongé – ou a été précipité – la tête la première d'une altitude vertigineuse.

Instinctivement, les deux policiers levèrent les yeux au plafond, mais ils n'y décelèrent aucune aspérité, lustre ou suspension, qui eût pu servir de trapèze à un candidat au saut de l'ange. Le commissaire ouvrit la bouche pour appeler Charmat.

– Ne vous donnez pas cette peine, le coupa Volnard en devinant ses intentions. J'ai pris sur moi d'envoyer quelqu'un pour sonder le plancher de l'appartement du dessus. Il n'existe ni trappe, ni un quelconque passage. Et même s'il avait sauté de deux étages, semblable hauteur eût été insuffisante pour produire (il fit une grimace écœurée) cette... bouillie.

Charmat, justement, rappliqua sur ces entrefaites.

– Nous avons exploré l'armoire, patron, dit-il en désignant le grand meuble.

– Et alors ?

– Les vêtements nageaient au milieu des cintres et des chaussures bousculées.

– Allons ! se consola Frusquint ; cela confirme au moins la thèse d'une fouille systématique.

– À propos de chaussures, releva Phalène, en avez-vous trouvé d'autres de ce modèle ?

Il montrait la paire de santiags.

– Non, mon vieux. Des souliers bas à lacets, des mocassins, et des bottines fourrées. Toutes de grandes marques.

– Et les vêtements ?

– Nous avons inventorié le contenu des poches. En dehors de titres de transport périmés, de pièces justificatives diverses et d'argent liquide, pas l'ombre d'un portefeuille.

– Donc, rien qui puisse accréditer formellement l'identité de la victime ?

– Quelle importance ? plastronna le commissaire. Nous connaissons son nom : Glastonbury Chan. Partant de là, nous aurons tôt fait de découvrir tout ce qu'il y a à savoir sur lui...

– Permettez, patron, s'interposa Phalène. Glastonbury Chan est seulement le patronyme sous lequel la Mortifer l'a fait inscrire sur le registre de l'hôtel. Il n'est pas impossible que le choix d'une fausse identité lui eût été dicté par ses employeurs, lesquels auraient pu la suggérer en arguant du caractère confidentiel, voire secret, de ses travaux...

– Glaston... enfin, ce bonhomme, serait donc, selon vous, quelque chose comme un espion ?

L'inspecteur écarta les bras en signe d'impuissance.

– Bah ! Nous verrons bien... hypothéqua Frusquint. Mais, bon ; maintenant, soyons concrets. Docteur, pouvez-vous vous prononcer sur l'heure du décès ?

Volnard ôta ses lunettes et se mit à en suçoter rêveusement une des branches.

– La montre ne nous apprendra rien ; elle a miraculeusement résisté au choc. D'après la rigidité des membres et l'indice de coagulation du sang, je dirais que cela remonte à vingt-quatre heures environ.

– Autrement dit, à hier soir dix-huit heures...
– En gros, oui.

Le commissaire jeta un regard en coulisse à son subordonné. Prétextant une migraine tenace suite à un début de refroidissement, Phalène avait disposé, la veille, de son après-midi. D'ailleurs, ne s'était-il pas vanté, pas plus tard que ce matin, d'avoir dormi d'une traite jusqu'au dîner ? Le sommeil, fût-il celui du juste, n'aurait su être retenu comme un alibi convaincant...

L'inspecteur ne ressentit pas les soupçons qui pesaient sur lui ; il avait bien trop à faire avec les siens propres. Dans les périodes où il daignait reparaître, Nox était plutôt du genre oiseau nocturne, or, en décembre, il fait nuit dès seize heures trente...

Une fois de plus, la pensée informulée des deux policiers se rejoignait sur les attendus :

a) Le fait que l'assassin eût posté son message *avant* de perpétrer son acte supposait une minutieuse préméditation et témoignait d'un extraordinaire sang-froid.

b) Quel qu'ait été l'auteur de l'enregistrement, il n'avait rien exagéré de ses capacités.

L'OMBRE DU DOUTE

Florian était revenu. Livide, décomposé, il paraissait avoir rétréci dans sa livrée. Presque malgré lui, ses pas l'aiguillèrent dans la spirale morbide qui avait le cadavre pour épicentre. Il articula entre deux déglutitions :

— Pardonnez-moi, messieurs, je ne suis guère accoutumé à ce genre de spectacle...

— Qui s'y accoutumerait ! abonda Frusquint, le regard exorbité.

— Vous sentez-vous en état de répondre à quelques questions ? l'entreprit précautionneusement Phalène.

— Je le crois. Oui.

— Parfait. Attachons-nous d'abord à déterminer les origines de la victime. Décrivez-nous par exemple son visage, puisque, hélas, nous ne pouvons plus nous en faire une idée.

Le réceptionniste inspira une large bouffée d'oxygène afin d'expurger sa réponse de tout relent nauséeux.

— Chan... M. Chan... était un personnage très typé. Vous savez, comme ces habitants des terres australes...

— Un Canaque ? Un aborigène d'Océanie ?

– Plutôt un indigène hawaïen ou polynésien. Le teint cuivré, modérément foncé. Le nez épaté, mais très légèrement. La chevelure noire, lisse, mi-longue. Une mèche blanche sur le front. Il portait des lunettes à fine monture d'écaille. À part cela, une belle prestance. Plus grand que la moyenne. Dans les un mètre quatre-vingts...

Volnard opina du menton et confirma :

– Cela correspond. D'après un premier examen, il avait entre quarante-cinq et cinquante ans.

– C'est l'âge que je lui aurais donné, approuva le concierge. Un bel homme, bien conservé. Il donnait aussi l'impression d'être très cultivé. Son français était impeccable... avec une pointe d'accent britannique.

– Votre directeur a évoqué certaines visites régulières...

– Ah oui, ce monsieur de la Mortifer... Il est venu hier matin, ainsi qu'il le fait chaque quinzaine.

– Nous sommes au courant. Entre-temps, rien à signaler ?

– Rien. À part évidemment l'intermède du chauffagiste...

Frusquint réagit au quart de tour.

– Le chauffagiste... Quel chauffagiste ?

– Celui qui est venu réparer la chaudière, parbleu ! M. Boulpe ne vous a pas parlé du caprice de notre pensionnaire ?

– Ne nous égarons pas, M. Florian, enjoignit Phalène, méthodique. Reprenons les faits. Dans l'ordre, s'il vous plaît.

– Oh ! C'est bien simple : figurez-vous que M. Chan avait froid...

– Froid ! s'étonna Volnard. Mais il fait une chaleur de serre, ici !

– Maintenant, oui ; mais en me remettant sa clé, hier, M. Chan m'a affirmé qu'il grelottait littéralement. Je me rappelle encore ses propos : « Ici, en Europe, on approche du solstice d'hiver, mais là-bas, dans mon pays, la saison chaude est déjà bien installée. » Attentifs comme nous le sommes au confort de nos clients, nous mettons un point d'honneur à leur épargner le plus minime désagrément. Je lui proposai donc de convoquer sans délai notre dépanneur maison, c'est alors qu'à ma vive surprise, il me communiqua les coordonnées d'un entrepreneur plus apte, selon lui, à satisfaire ses revendications, disons... d'ordre thermique et olfactif.

– Thermique, je comprends, admit l'inspecteur. Mais olfactif...

– L'entrepreneur en question était capable, toujours selon lui, non seulement de rétablir la température adéquate, mais aussi de restituer à volonté les atmosphères, odeurs et senteurs propres à toutes les régions du monde, notamment celles des mers du Sud ! La demande n'était guère orthodoxe, mais en débattant du sujet avec M. Boulpe, il nous est apparu que ce genre de prestation pouvait éventuellement s'appliquer aux autres chambres, leur conférant ainsi une touche supplémentaire d'exotisme. Nous avons par conséquent accédé à son désir, en quelque sorte à titre d'essai, et contacté aussitôt cette entreprise. Rendez-vous fut pris, et l'ouvrier-chauffagiste se présenta comme convenu, hier soir vers dix-sept heures trente.

Les deux enquêteurs croisèrent leur regard. À en croire Volnard, cela correspondait à l'heure du meurtre.

– ... L'homme m'a semblé des plus qualifiés. Il me fit valoir dès son arrivée que certains étrangers fortunés résidant à Paris faisaient souvent appel à ses services pour retrouver les parfums de leur contrée d'origine. Le travail consistait, si j'ai bien compris, à adjoindre des conteneurs-aérosols à la turbine de ventilation et à les raccorder aux conduits d'air pulsé. Mais pour la pratique... bon sang, quel matériel ! Deux grosses valises, une batterie de tuyaux de tous les calibres imaginables et quelque chose qui ressemblait à une dynamo. Je l'ai moi-même accompagné jusqu'à cette chambre. M. Chan était rentré tôt pour l'occasion. Il l'attendait avec une impatience ! ...

Frusquint leva la tête et huma l'air de sa trompe, reniflant par trois fois.

– Quant à moi, je ne respire pas plus les senteurs des mers du Sud que le fumet d'une escalope cuite à point ! observa-t-il, pragmatique.

– ... Fallacieuse promesse de dépaysement

factice ! chuinta Volnard. Cette sombre histoire d'effluves en conserve sent à pleines narines le coup de bluff publicitaire...

« ... Sinon le prétexte tout indiqué pour s'introduire ici sans donner l'éveil », médita Phalène avant de renouer le fil de ses questions.

— Combien de temps le chauffagiste a-t-il passé chez votre client ?

— Oh ! Plus d'une heure, compte tenu de ses allées et venues au sous-sol.

— Au sous-sol ?

— Oui. Chacune de nos chambres y dispose d'une cave particulière abritant un complexe autonome de distribution et de régulation. Cette pièce comprend la chaudière, la soufflerie d'aération, le collecteur d'eau et le générateur d'électricité, sans oublier divers appareillages remontant au déluge.

Un silence se fit que le concierge interpréta — à bon escient — comme une invitation muette à poursuivre.

— ... Et puis le type est reparti vers sa camionnette, toujours chargé comme un baudet. « Mon patron vous enverra la facture », m'a-t-il assuré. N'ayant reçu aucun commentaire de M. Chan après son départ, j'en ai déduit qu'il avait obtenu entière satisfaction.

— Vous n'avez donc pas revu votre pensionnaire...

— Non. Pour l'excellente raison que je quitte mon service à dix-neuf heures trente.

— Ce bonhomme serait donc la dernière

personne à avoir vu Chan vivant, conjectura Frusquint.

Le masque de la stupeur se peignit sur les traits du concierge.

– L'assassin... bredouilla-t-il. Je l'ai vu comme je vous vois... Je lui ai parlé...

– Pas de conclusions hâtives ! recommanda le commissaire.

– Vous vous rappelez le nom de l'entreprise ? demanda Phalène.

La réponse fusa instantanément :

– Entreprise Frot. Le nom et le prénom du prestataire s'étalaient en toutes lettres sur la portière de la camionnette. Pour ce qui est de l'adresse...

Le préposé sollicita sa mémoire en levant au plafond ses yeux plissés :

– ... Mais suis-je bête ! L'homme m'a laissé sa carte !

Il fouilla dans sa poche intérieure.

L'inspecteur eut un sourire désenchanté.

– ... Frot, répéta-t-il dans un murmure. Il ajouta, mystérieux :

– Il y a gros à parier que le prénom soit Rémi...

Frusquint et Volnard le contemplèrent, médusés.

– C'est ça ! confirma dans la seconde le réceptionniste en brandissant un bristol. « Rémi Frot, entrepreneur. Chauffage. Plomberie. Climatisation. Toutes ambiances exotiques. » L'adresse et le numéro de téléphone...

– ... Sont faux et archifaux, naturellement !

décréta Phalène. Comment était-il, ce chauffagiste ?

— Un dépanneur banal. Casquette, combinaison orange... Un visage caractéristique, cependant. Il portait de spectaculaires moustaches en crocs et des favoris très, très fournis... Hum ! Une pilosité trop exagérée à mon avis pour ne pas relever de l'artifice... Quant à la taille, je dirais... à peu près la vôtre, inspecteur. À la réflexion...

Florian suspendit net sa phrase et dévisagea le policier avec une expression qui trahissait sa panique.

Le commissaire tressaillit. Il aurait pu jurer que ce témoin-là, nettement plus physionomiste que le précédent, habillant Phalène par la pensée de l'uniforme de la corporation et l'affublant de postiches, avait été sur le point d'ajouter : « ... Ce pourrait être vous ! »

L'intéressé éprouva de son côté une identique sensation de malaise, à cette nuance près que, lui, transposait l'hypothétique identification sur une autre personne. La grande ombre du capitaine Nox se profilait à nouveau...

— Bien ! fit-il dans le but manifeste de créer une diversion. Voici comment je vois les choses : Chan a froid. Incidemment, il s'ouvre de ce désagrément au fondé de pouvoir de la Mortifer lors de leur dernière entrevue. L'autre, l'assassin, est évidemment au courant. Ne vient-il pas lui-même de trafiquer la chaudière, imprimant au thermostat une baisse assez sensible pour que votre client la ressentît et s'en plaignît ? (La cave correspondant à la chambre des antipodes ne doit pas être trop difficile à localiser.) « Compatissant », il s'empresse de lui conseiller les services de la maison Frot, dont il vante l'efficacité et la célérité, sans omettre la vocation « olfactive » évoquée plus haut. Il lui en confie les coordonnées, et... (l'enquêteur pointa l'index sur Florian qui recula, apeuré) ... les désirs de vos clients étant pour vous des ordres, vous joignez sans tarder cette entreprise. Bien entendu, pour peu que vous tentiez de la rappeler, vous vous apercevrez que celle-ci est tout aussi fictive que la Mortifer !

– Mais... Et mon premier coup de téléphone ?

– Une banale dérivation de ligne. De nos jours, une telle manipulation est à la portée d'un enfant ; à plus forte raison à celle d'un individu capable d'enrayer provisoirement le fonctionnement d'une chaudière. Il suffisait à notre homme d'attendre tranquillement votre appel en quelque central désert.

Frusquint dansait sur des charbons ardents.

– Mais enfin, par quel tour de passe-passe avez-vous deviné le prénom de l'entrepreneur ?

– Quoi, patron, vous n'avez pas saisi ? Sachant que le fondé de pouvoir et le chauffagiste sont en réalité une seule et même personne...

– Oui, ça, j'avais compris, merci ! se vexa le commissaire, tandis que Florian tanguait de surprise en ahurissement.

– D'accord. Maintenant, bousculez les huit lettres composant le patronyme Rémi Frot et réunissez-les dans un nouvel ordre. Qu'obtenez-vous ?

Frusquint épela mezza voce :

– R. E. M. I. F. R. O. T.

Puis s'écria, exultant :

– M. O. R. T. I. F. E. R. !

– Lumineux, n'est-ce pas ? À part le prénom hongrois Imre, peu répandu en France, Rémi était la seule solution acceptable !

– Magnifique ! s'enthousiasma le commissaire. Je retrouve le grand détective !

Phalène eut un roulement d'yeux circonspect et approuva, sibyllin :

– J'ai bien peur de le retrouver aussi !

Il enchaîna dans la foulée :

– Je parie que notre bonhomme portait des gants en amiante...

– Cela n'a rien pour choquer de la part d'un chauffagiste, estima Florian. Mais maintenant que j'y songe, il ne les a même pas enlevés pour me donner sa carte... Bizarre !

– Aucune bizarrerie là-dedans ! trancha Frusquint. Gants de pécari pour son premier rôle, gants en amiante pour le second. Les seules empreintes digitales que nous relèverons ici seront celles de Chan et de la camériste.

Le divisionnaire préférait cela. Mieux valait, à tout prendre, retarder au maximum la tonitruante révélation d'une culpabilité dont les contours se dessinaient avec une acuité de plus en plus marquée. Se dessinaient un peu trop bien, à la réflexion, pour que n'apparût pas en filigrane l'esquisse d'une diabolique machination...

S'imposant le décalage mental désormais convenu, Phalène partageait un tourment analogue qu'il assortissait en son for intérieur de téméraires spéculations.

« La carte de visite n'est rien d'autre que le deuxième message de l'assassin, se disait-il. Pourquoi l'aurait-il confiée au concierge s'il n'avait prévu que celui-ci me la transmettrait en mains propres... et que j'en percerais le sens ? À perspicacité, perspicacité et demie. Décidément, c'est un défi personnel qu'il me lance ! »

Tout à ses cogitations, l'inspecteur s'était pris à détailler le cadavre avec insistance.

– C'est curieux, lâcha-t-il enfin.
– Quoi donc ? demanda Frusquint.
– Ces chaussures...
– Les chaussures... Encore ! Qu'ont-elles de particulier ?
– ... Des santiags, répondit l'interpellé. (Il considéra ses interlocuteurs à tour de rôle.) Selon les opinions, on peut juger ces souliers élégants ou d'un goût discutable, mais en aucun cas les ériger en symbole du confort bourgeois ! Or, regardez la tenue de Chan. Veste d'intérieur, écharpe, amples pantalons. Cela dénoterait plutôt des tendances conformistes, d'ailleurs attestées par le choix des autres chaussures...

– Ce sont pourtant les siennes, assura

Volnard. Et du sur mesure... Essayez donc de passer des bottines aussi serrées à un cadavre !

– Je ne dis pas le contraire, docteur, se défendit le policier. (Il s'anima soudain.) Voyons, messieurs, quelle est la caractéristique principale des santiags ?

– Les bouts pointus ? avança le légiste.

– Les garnitures ? suggéra Frusquint.

– Les talons hauts ! abrégea l'inspecteur en s'accroupissant. Coquetterie bien superflue de la part d'un homme déjà grand que de vouloir encore augmenter sa taille !

Il éleva le soulier gauche – la paire, heureusement, échappait à la sinistre flaque – et, exerçant sur le talon une poussée latérale, parvint à le faire pivoter.

– Une cachette ! souligna l'assistance en chorus.

– Il ne portait des santiags que pour cela, confirma Phalène : disposer sur sa personne d'un mini coffre-fort indécelable.

– Ne nous faites pas languir ! s'impatienta Frusquint.

Le fureteur sortit de sa poche un petit canif. Ayant dégagé la lame la plus longue, il la glissa dans le creux du talon. L'utilisant comme levier, il extirpa de la cavité un petit paquet rectangulaire. Il se releva et se dépêcha de le déballer.

– Un jeu de cartes ! s'exclama le commissaire. Notre ami avait un vice caché : c'était un joueur !

Phalène haussa un sourcil sarcastique.

– Il fréquentait des cercles réservés aux

enfants ou aux nains, alors ! Car, voyez : ceci est un jeu miniature. Espace réduit oblige.

– Et... et l'autre ? s'entremit timidement Florian.

– L'autre quoi ?

– L'autre talon !

Le policier secoua la tête comme pour blâmer son inconséquence. Il s'accroupit de nouveau. Même jeu, si l'on peut dire. Il retira cette fois une feuille de papier contractée à l'extrême à force de plis, de replis et de surplis. La feuille déployée présentait un croquis rapide, dessiné à main levée, un grand carré intégrant en ses sommets quatre carrés plus petits dont deux se couvraient de hachures. L'orientation se lisait grâce à une croix sommairement tracée, marquée des initiales N. S. E. O.

– Les points cardinaux, nota Phalène. Une trente-troisième carte, topographique, celle-là !

– Je ne comprends pas, avoua Frusquint.

– Moi non plus, dit l'inspecteur. Mais ces pièces revêtaient suffisamment d'importance à ses yeux pour qu'il se donnât la peine de les dissimuler. Pressentait-il la fatalité de son trépas ? Quoi qu'il en soit, c'est sans doute à cause de la secrète indication qu'elles recèlent qu'on l'a tué. L'assassin est certainement très fort, mais il a négligé – dans sa hâte, probablement – le détail des talons.

– ... Et vous l'avez surclassé sur ce point... Félicitations !

Le visage du commissaire s'illumina d'une

expression extatique, mais son bel enthousiasme régressa presque aussitôt. Si Phalène débusquait si aisément les indices, n'était-ce pas pour les avoir lui-même semés ?

– J'aimerais partager votre allégresse, patron, répliqua le policier à contretemps. Car enfin, nous nous heurtons pour l'heure à un problème formidable, quasiment insoluble, dont l'énoncé pourrait être le suivant : « Soit une victime non identifiée, assassinée par un criminel à transformations, dans un espace hermétiquement fermé, par un moyen incompréhensible, et pour des raisons ignorées... » Cela fait vraiment beaucoup d'inconnues !

– ... Assurément le quinté gagnant ! appuya le légiste.

Ouvrant à ce moment le tiroir au bas du bureau, Charmat libéra un invité inattendu. C'était un papillon de belle taille – vingt centimètres d'envergure, au moins – qui se mit à voleter à travers la pièce. Toutes les personnes présentes suivirent sa trajectoire, laquelle s'acheva sur la veste du cadavre.

– Un gros papillon noir... commenta béatement le commissaire. Comment diable est-il arrivé ici ?

– ... Accompagné, j'en ai peur ! inféra son subordonné, la mine grave.

Dominant sa répugnance, Florian se pencha, fasciné. Il examina attentivement le lépidoptère et déclara avec toute l'ingénuité de l'entomologiste amateur qu'il était :

– On croit rêver... La phalène dite Goliath

porte-deuil des îles Salomon est un spécimen que les experts s'accordent à réputer légendaire !

Cette fois, Frusquint eut un haut-le-corps. Une phalène ! Il ne manquait au forfait que sa signature ; c'était dorénavant chose faite !

Phalène, justement, demeurait immobile, vivante incarnation du désarroi. Jusqu'à cet instant, la passion exclusive qu'il vouait à son métier avait pu occulter sa sensibilité d'homme, mais voilà qu'en une fraction de seconde sa carapace professionnelle avait volé en éclats sous le choc du dernier gantelet que le meurtrier lui jetait à la face.

– Nox... Mon Dieu... Pourquoi... ? balbutia-t-il, le regard étrangement fixe.

HYPNOSE

Phalène traversa la chaussée battue par l'averse avec une lenteur confinant à l'imprudence. La pluie, le vent, le froid, les dangers du trafic, toutes les atteintes extérieures ou agressions potentielles paraissaient le laisser de marbre. Sa nonchalante indifférence s'expliquait certes par une condition physique et mentale proche du trente-sixième dessous, mais aussi et surtout par sa réticence marquée à l'idée d'effectuer certaine visite.

Au soir de la macabre découverte à l'*Exotic*, deux jours plus tôt, Frusquint s'était ému de son profond état d'hébétude au point qu'il avait insisté pour le raccompagner chez lui. Au moment de le quitter, le commissaire, d'ordinaire si tatillon sur le chapitre des pièces à conviction, n'avait pas eu le cœur de confisquer le jeu de cartes ni le croquis topographique que son subordonné tenait sur sa poitrine entre ses doigts crispés, tel un enfant s'accrochant à un jouet nouvellement acquis.

L'œil atone, Phalène déchiffra le libellé de la plaque de cuivre vissée dans l'encoignure de la porte cochère. « Docteur F. Segment. Neurologie. Pathologies du comportement.» Une indécise pression de l'index sur le bouton d'appel déclencha l'ouverture du lourd vantail de gauche. Le policier le poussa avec effort, attendit qu'il se refermât sur lui et s'en fut sous la voûte jusqu'à la loge des gardiens. La liste des locataires s'affichait entre la vitre rutilante et le traditionnel rideau de tulle grisâtre censé préserver l'intimité des occupants. Le docteur F. Segment exerçait son art au premier étage.

« ... Vous, mon petit vieux, vous êtes le client rêvé pour Frédéric ! », avait décrété Frusquint en le voyant arriver à la P. J. le lendemain matin. Joignant le geste à la parole, il avait décroché le téléphone et composé d'autorité le numéro du psychiatre maison. Visiblement impressionné par la mine hagarde de son protégé, il l'avait ensuite affecté à des tâches administratives sans conséquences, sinécure prétexte dont il redoutait en son for intérieur qu'elle fût le prélude à une mise en congé plus extensible, sinon plus radicale.

Phalène opéra un demi-tour mécanique et s'orienta vers la baie vitrée qui mêlait le reflet de la loge à la réalité de l'escalier intérieur. Dans le hall, il négligea la minuterie et il gravit les marches vernies d'un pas volontairement feutré. L'ascension fut brève mais harassante : il accéda au palier le corps baigné de sueur. S'immobilisant, haletant, face à la double porte du cabinet médical, il prit un temps considérable avant de se résoudre à sonner. Au moment où il s'apprêtait à le faire, le panneau de gauche s'ouvrit brutalement sur une espèce de géant hirsute qui le bouscula sans le voir pour cause de pénombre, maugréa quelques excuses, et disparut dans la cage de l'escalier. Plus besoin de sonner, maintenant. Il entra.

Une secrétaire affairée était assise derrière le bureau d'accueil. Elle leva les yeux et le regarda s'approcher.

– ... Richard Phalène, s'annonça-t-il. Le commissaire Frusquint de la P. J. a pris rendez-vous pour moi.

Brave Frusquint... Au moment de partir, la veille au soir, ne l'avait-il pas exempté de cette matinée ? Dans un même élan de bienveillance quasi paternelle, n'avait-il pas conseillé, anticipant en cela le verdict médical : « Prenez quinze jours de repos, et revenez-nous en pleine forme après les fêtes » ? ... Mais n'avait-il pas aussi – bien inconsidérément – défié le sort en promettant : « Soyez tranquille ; à votre retour, nous aurons débrouillé ce nœud de vipères » ?

Phalène avait opiné avec un pauvre sourire. Non qu'il doutât expressément des capacités de ses collègues, mais l'affaire présentait un tel degré de complexité qu'il voyait mal la machine policière, engluée dans sa routine, en venir à bout aussi vite. Ah ! Si seulement Nox...

La secrétaire consulta rapidement son agenda.

– Inspecteur Phalène... lut-elle. Oui, en effet. (Elle se leva.) Veuillez me suivre. Le docteur va vous recevoir.

Le policier s'attacha à ses pas, la tête rentrée dans les épaules.

Le décor du cabinet de consultation proprement dit combinait étroitement deux registres : l'intime et le sévère. Les murs, tapissés de vert-de-gris, étaient en majeure partie consacrés à des témoignages de compétence dûment estampillés. Sur le parquet, autour d'un tapis mandchou aux couleurs fanées, s'équilibraient, à droite, un semainier Louis-Philippe, à gauche, le classique divan. Un bureau et trois fauteuils issus du même lot occupaient le centre de la pièce. Au plafond, un lustre en soucoupe renversée brûlait malgré l'heure, tandis que derrière les fenêtres jumelles les hallebardes de l'averse redoublaient d'agressivité sous un ciel d'éclipse. Une porte dérobée s'entrebâilla dans le prolongement du semainier. Le docteur parut, faisant encore le geste d'égoutter ses mains.

Le policier se redressa, passablement surpris. La femme était grande, droite dans son tailleur Chanel. Visage mince envahi par une paire de lunettes format hublot, cheveux châtain clair tirés en arrière et réunis sur la nuque en un chignon spiralé.

– Asseyez-vous, monsieur Phalène, invita-t-elle en prenant place elle-même derrière le bureau.

De son timbre courtois mais distant, elle avait délibérément escamoté l'« inspecteur » ;

une manière de faire sentir qu'ici, c'était elle qui posait les questions.

– Vous êtes bien le docteur... Segment ? s'informa le visiteur afin de dissiper toute équivoque.

– Frédérique... Q. U. E., précisa le médecin de l'âme, ajoutant avec un humour un peu pincé : l'uniforme de la corporation a changé ; les barbiches et les lorgnons ont été remisés au magasin des accessoires...

– Euh... Je ne suis pas sexiste... s'entendit protester mollement Phalène.

– ... Ni vraiment très confiant dans les vertus de l'analyse, bifurqua-t-elle sans sourire. Je dois vous avouer que j'ai parlé à votre supérieur, ce matin, au téléphone. Il m'a fait part de vos préventions.

L'incrédule reconnu tel eut une mimique fataliste qui signifiait quelque chose comme « Que voulez-vous... On ne se refait pas. »

– ... Le commissaire Frusquint m'a en outre longuement entretenue du choc traumatique que vous avez subi avant-hier soir. J'ai réuni quelques notes... (Elle se pencha sur son carnet.) Oui... Eh bien, il y aurait eu de quoi ébranler n'importe qui...

– Tout de même, objecta le patient. Je suis un policier aguerri...

– Vous n'en êtes pas moins resté un bon moment sous l'empire d'une torpeur catatonique caractérisée, laquelle...

Phalène la laissa jargonner. Depuis le début de l'entretien, il n'avait cessé de scruter le visage de son interlocutrice. Au-delà des verres, la quasi-inexpressivité de ses yeux gris-bleu contrastait avec une intelligence manifestement en éveil. Un regard froid. Non, ce n'était pas le mot. Absent. C'était cela : un regard absent.

– ... Il m'a aussi fait part de votre obsession : ce fameux capitaine Nox...

Le policier s'agita sur son fauteuil.

– Nox est un ami. Un ami intermittent, mais un ami.

– Hum ! Pardonnez-moi d'être brutale, mais tout laisse supposer que cet ami ne soit qu'un pur fantasme...

– Nox, un fantasme ! s'esclaffa l'inspecteur. Un fantasme aurait-il assez de consistance pour...

Il s'arrêta net. La vie privée du détective, quelle qu'elle eût été, ne regardait que l'intéressé.

– ... Une créature engendrée de toutes pièces par votre inconscient afin d'endosser vos pensées, vos pulsions inavouées, continuat-elle, impavide. Vous ne seriez pas le premier à user de cet expédient pour vous décharger d'un fardeau moral...

– Vous ne comprenez pas ! s'énerva soudain Phalène. Nox est un génie, un être d'exception, dont j'ai hélas tout lieu de craindre qu'il soit passé du côté du crime !

– En règle générale, ce sont plutôt les enfants qui s'inventent des compagnons imaginaires...

— Me voilà retombé en enfance ! ironisa le policier en prenant le lustre à témoin.

— Bien sûr que non ; mais le fait est qu'il nous reste toujours, peu ou prou, un vieux fonds de hantises remontant aux premières années... J'estime d'ailleurs que c'est dans cette direction que nous devrions chercher la faille. Naturellement, je ne m'attends pas à ce que vous vous livriez de votre plein gré...

— Enfin, docteur... Je n'ai rien à cacher ! s'insurgea le patient en réalisant à ce moment précis que, fine psychologue, elle n'avait joué avec ses nerfs que pour secouer son apathie.

— À l'état conscient, j'en suis persuadée. Vous n'élèverez par conséquent aucune objection de principe si je suggère une séance d'hypnose...

Il eut un mouvement de recul.

— ... M'hypnotiser... Moi ?

— Comprenez donc : si nous voulons dissiper vos angoisses, il est indispensable d'explorer leur terrain de prédilection afin d'essayer, au moins dans un premier temps, d'en cerner les causes. Voulez-vous vous allonger ?

Phalène consentit dans un soupir. Résigné, il alla s'étendre sur le divan, nuque bien calée sur le petit traversin de velours, pendant que le praticien s'installait à la tête du meuble. Elle posa carnet et stylo sur ses genoux joints, et ayant ôté une bague de son annulaire gauche, y introduisit le fil d'une chaînette d'or fin.

— À présent, suivez attentivement les mouvements de l'anneau. Détendez-vous et efforcez-vous de répondre à mes questions.

La bague se balança comme un pendule au-dessus des yeux du policier. Captant à chacun de ses passages un rai de lumière du plafonnier, elle allait, venait, grossissait, s'éloignait, s'estompait, s'estompait...

– Eh bien ? demanda Phalène, agacé. Quand commençons-nous ?

Le docteur Segment referma son carnet dans un bruit sec.

– Vous pouvez vous relever.
– Vous voulez dire...
– Nous en avons terminé. Les renseignements que vous m'avez fournis sont des plus instructifs. Bien entendu, tout ce que vous m'avez confié restera strictement entre nous.
– Je ne peux rien savoir maintenant ?
– Non. Il faut que je mette un peu d'ordre dans vos propos. Nous reparlerons de tout cela lors d'une prochaine consultation. Pas d'ordonnance pour l'instant ; un repos complet, disons... d'une quinzaine de jours, vous sera infiniment plus profitable qu'un traitement aux neuroleptiques. D'ici là, évitez autant que possible les émotions fortes. Avant de partir, n'oubliez pas de prendre date avec mon assistante, ni de lui réclamer votre arrêt de travail.

Elle connecta l'interphone pour transmettre ces dispositions.

Phalène salua. Sur le seuil du cabinet, il croisa la secrétaire qui entrait, une enveloppe à la main.

– ... Un pli urgent pour vous, docteur.

Le policier sortit. Frédérique Segment prit la lettre et retourna à son bureau. Restée seule, elle décacheta l'enveloppe et en retira un bristol dont le contenu, le simple tracé d'une spirale régulière, l'absorba pendant une longue minute. Passé ce délai, ses yeux papillotèrent, et c'est alors qu'elle-même émergea de sa torpeur.

LE PRINCIPE DU PHALÈNOX

Sept jours plus tard, le vendredi 20 décembre.

Cela faisait une semaine que le couperet d'un froid vif, incisif, avait tranché le souffle anarchique de la tempête. Le cerveau embrumé, Phalène regarda le jour décliner au-dessus de la petite cour intérieure. Il bâilla longuement de son trop-plein de sommeil ; n'avait-il pas dormi sans entracte de l'aube au crépuscule, accomplissant dans l'inconscience la plus totale le tour complet du cadran ? Un sommeil diurne qu'il voulait croire réparateur… Plus réparateur, en tout cas, que celui de ses nuits. Quoique… Cette sensation de sortir de soi, de se laisser envahir par une autre volonté, une entité spectrale, inconnue, étrangère… Bienveillante ? Maléfique ? Quelle importance ? … Puisque l'antidote à ses tourments n'existait pas dans la réalité, l'essentiel était de s'en évader pour se laisser emporter à n'importe quel prix sur les ailes du rêve… ou du cauchemar.

Captif de son rôle de pré-convalescent, il musarda sans but de pièce en pièce, languissante déserrance au sein du cocon – devenu prison – du foyer. Il n'avait pas faim, mais il échoua dans la cuisine pour se préparer par acquit de conscience un semblant de repas qu'il se ferait un devoir de grignoter sur le pouce, plus tard, bien plus tard. Il allait brancher machinalement le transistor, quand un bruit mobilisa ses sens. Le bruit d'un pas, puis de deux, puis de trois... On marchait dans l'appartement du dessus. Nox... Nox était de retour !

Son accès d'allégresse ne dura pas. Il hésita sur l'opportunité d'une visite immédiate. N'était-il pas encore trop faible pour affronter le grand détective, cet homme exceptionnel, que sa raison à défaut de son cœur assimilait désormais à un monstre criminel ? Il se décida néanmoins ; enfila une veste de laine et sortit. Sur le palier du cinquième, il sonna un coup bref, discret, souhaitant presque qu'on ne lui répondît pas, que les bruits n'eussent été qu'illusions. La porte s'ouvrit.

– Phalène..., fit le capitaine Nox avec un large sourire de bienvenue. Voilà une excellente surprise !

Le monstre criminel l'accueillait plutôt cordialement.

Le policier considéra son voisin d'un air renfrogné, comme s'il avait honte de ses pensées. Il se détendit en évoquant le docteur Segment. « Nox... Un personnage imaginaire... Il n'y avait vraiment qu'un psychiatre pour inventer pareille histoire de fou ! » Le médecin, pourtant, n'avait pas été si éloigné de la vérité. Depuis ce mercredi fatal, Phalène avait tant espéré ce retour, tant appelé cette confrontation... Et voilà que le déclic se produisait... Que ce soir, enfin, son subconscient jouait et gagnait. Car c'est lui qui, via les méandres du néo-cortex, avait suggéré le bruit de pas à son oreille interne... Lui, qui venait de l'induire dans la périlleuse tentation de monter pousser une porte préalablement ouverte par ses soins à l'état de somnambule... Lui enfin, qui, régénéré par une parenthèse de repos absolu, avait patiemment remodelé la substance de l'autre, cet autre qui se tenait devant lui, bien réel.

– Nox... Euh... Bonsoir. Je ne vous dérange pas ?

– Mais nullement, voyons ! Entrez, mon ami.

Il entra et retrouva l'environnement familier qui avait servi de cadre à la résolution de deux affaires si retentissantes que l'opinion publique, pourtant versatile, en conservait encore le souvenir.[1]

– Vous me paraissez un peu fatigué. Asseyez-vous. Désirez-vous un remontant ? Un cognac...

– Non. Pas d'alcool, merci.

– Un jus de fruit, alors...

Nox respirait la stabilité. Il apparaissait toujours aussi tranquille, apaisant. Ne possédait-il pas les meilleurs atouts pour se montrer ainsi, unilatéralement instruit qu'il était du cas de

---

[1]. Lire : *Le Détective de minuit* et *La Malédiction de Chéops*.

dédoublement de la personnalité qui les affectait l'un et l'autre ? Il représentait en l'espèce la vivante antithèse de Phalène, quoique leur ressemblance physique sautât aux yeux. Rectification : elle aurait sauté aux yeux si l'on avait eu un point de comparaison, mais c'était évidemment impossible, car comment aurait-on pu comparer une chose avec elle-même ? De fait, le capitaine Harmmakis Nox et l'inspecteur Richard Phalène n'étaient que les deux faces d'un unique visage... Par quel prodige, dès lors, une telle conversation avait-elle pu s'instaurer ? À question pertinente, réponse de bon sens : Phalène parlait à un personnage invisible, et ce personnage invisible s'incarnait à son tour pour répondre à un autre personnage invisible. Il suffisait en somme de bousculer par un laborieux artifice théâtral le règne du tangible. L'inspecteur posait sa question, retirait sa veste de laine écrue, enfilait la robe de chambre grenat de son alter ego, recoiffait sa chevelure indisciplinée, parait son visage d'une physionomie dominatrice, et donnait sa réplique. Ce soir, l'entité divisée pouvait se permettre cet enchaînement de métamorphoses ; le capital de repos emmagasiné depuis une semaine ne favorisait-il pas la reprise de ce singulier travail de l'esprit ? Ce travail ne durerait d'ailleurs que le temps d'un crépuscule, car en ces périodes fastes où le double sublimé daignait reparaître, c'était à lui qu'incombait de prendre le relais jusqu'aux premières lueurs de l'aube... Étant bien entendu qu'en dehors de ces périodes, l'inspecteur était parfaitement libre de disposer de ses nuits à sa guise.

Nox se débarrassa en un tournemain de sa robe de chambre, ébouriffa ses cheveux, passa la veste de laine et reprit une mine de papier mâché pour se rematérialiser en Phalène.

– ... À franchement parler, je suis plus préoccupé que réellement fatigué. Tel que vous me voyez, je me débats dans une inextricable spirale de tourments.

L'inspecteur quitta sa veste, revêtit la robe de chambre, se recomposa un masque serein...

– Diable ! Serait-il indiscret de vous en demander la nature ? Évidemment, s'ils sont d'ordre privé...

Nox ôta sa robe de chambre...

– ... Non, mentit Phalène à moitié. C'est purement d'ordre professionnel.

– Il n'y a donc aucune indiscrétion à vous demander...

– Hé ! Cela dépend !
– De quoi ?
– De qui ! De vous, en partie.

Le policier en avait trop dit ou pas assez. Il fluctua un instant, puis opta pour la purge intégrale. Il relata donc tout, tout sans exception, depuis l'audition de la cassette à la P. J. jusqu'à la séance d'hypnose chez le docteur Segment, sans omettre le plat de résistance, à savoir le meurtre de Glastonbury Chan.

La réaction de Nox à l'issue de cette narration fut bien dans sa manière, déconcertante, par ce souci vétilleux d'explorer le moindre détail.

– ... Donc, seul le totem de gauche avait été arraché...

Le commentaire n'appelait pas de confirmation. Le détective demeura silencieux, puis s'exclama enfin :

– ... Une enquête exemplaire, Phalène... menée de main de maître !

– Venant de vous, le compliment me va droit au cœur, mais vous surestimez largement mes mérites ; voyez à quelles extrémités cette histoire m'a conduit...

– ... Entre autres choses, à me soupçonner, murmura le capitaine, pensif.

– Je... Je suis désolé.

– Ne le soyez pas, mon ami ; ma culpabilité n'aurait su être plus clairement démontrée ! Cela posé, je vous supplie de me croire : je ne suis pour rien dans cet abominable forfait.

Le visage du policier s'éclaira. Dans le fond de lui-même, il n'avait jamais pu se résoudre à admettre la culpabilité de son si proche voisin.

– ... Il n'en demeure pas moins vrai que quelqu'un, sciemment, a voulu vous tendre un piège – pardon, *nous* tendre un piège – et qu'il a admirablement manœuvré pour nous y faire tomber. Au fait, vous m'avez parlé d'un jeu de cartes et d'un croquis. Si je pouvais les voir...

– Rien de plus simple, s'empressa Phalène, désormais totalement épanoui.

Il remonta presque aussitôt, muni des pièces en question. Nox les happa littéralement. Il survola le croquis d'un œil lointain, puis l'écarta avec un haussement d'épaules désenchanté. Il passa ensuite au jeu de cartes miniature, le soupesa pour la forme et le déploya en éventail avec une dextérité d'illusionniste.

– ... Hormis son gabarit, un jeu français des plus ordinaires... se contenta-t-il de marmonner, avant de suspendre inopinément son examen par un claquement de doigts victorieux.

Phalène se garda de l'interroger, mais se laissa aller à formuler un espoir :

– Puissent ces deux éléments nous fournir un jour la clé de ce meurtre impossible !

Le détective gratifia son double d'une œillade réprobatrice. La notion d'impossibilité appliquée à un fait rationnel ne pouvait que heurter sa sensibilité de logicien.

– ... C'est égal, maintenant que je ne conserve plus le moindre doute sur votre innocence, je me sens libéré d'un sacré poids !

Nox écorna un sourire. Il aurait aimé pouvoir partager cette certitude.

– Faut-il que vous soyez un ami véritable pour fonder votre intime conviction sur ma seule parole !

– ... Cela ne signifie pas, hélas, que mes nuits en seront plus sereines, s'épancha le policier en voyant le ciel s'enténébrer. Voilà une semaine que je suis hanté par ce maudit cauchemar...

– Un cauchemar, dites-vous ? Et récurrent depuis une semaine ? Tiens...

– Oh ! Totalement absurde, comme tous les rêves. Figurez-vous que... Et puis, non... Je ne veux pas vous ennuyer avec ces sottises.

Nox eut un mouvement de la main, impatient, incitatif.

— Au contraire, au contraire. Racontez...

— Vous l'aurez voulu. Voilà : je suis dans le métro. Oui, le métro. Seul, dans une rame qui ne s'arrête jamais. Je regarde les stations défiler en alternance avec les tunnels. Curieusement, ces stations sont toujours les mêmes. Il y en a trois : Mirabeau, Saint-Mandé, Rambuteau.

Le détective leva un index inquisiteur.

— Attendez... Elles apparaissent toujours dans cet ordre ?

— Invariablement. Cela vous inspire ?

— Peut-être. En tout cas, ces stations existent dans la réalité. Mais elles ne se suivent pas ; elles sont même fort distantes les unes des autres sur le réseau. Mirabeau est sur la ligne 10, Saint-Mandé sur la ligne 1 et Rambuteau sur la ligne 11.

— Toutes les nuits, le voyage recommence. Mirabeau, Saint-Mandé, Rambuteau... Et pas question de descendre ! Enfin, il y a toujours la musique...

— La musique ?

— Oui, comme dans les films, pour accompagner l'action. Un morceau symphonique que je connais, mais dont le titre m'échappe... Quelque chose comme ça : (il fredonna) la la la, la la la la la la, la la la, la la la la la la... jusqu'au crescendo. Et puis cela s'arrête brusquement sur une note précise – la trente-septième, j'ai compté – avant de reprendre au début.

– Cette pièce est parfaitement identifiable, mon ami. Heureusement que vous chantez juste... et que j'ai de l'oreille ! Il s'agit de l'ouverture de *L'Enlèvement au sérail*, un opéra de Mozart créé à Vienne en 1782, et à Paris vingt ans plus tard. Loin de moi l'idée de jouer les cuistres, mais ce détail a peut-être de l'intérêt.

– De l'intérêt ? Dans quel contexte ? Voyons, Nox, ce n'est là qu'un rêve !

– C'est tout ?

– Quoi... Vous en redemandez ? Alors, non, ce n'est pas tout. Au milieu de chaque station, il y a maintenant un trou grossièrement percé dans la paroi de faïence. L'entrée d'un corridor. Sur le seuil, une fleur magnifique avec une corolle blanche largement évasée... Mais l'insolite réside dans sa position : tête en bas, tige en l'air ; dans un impeccable garde-à-vous.

– La musique continue ?

– Oui, mais en sourdine. Elle est couverte à présent par une voix d'outre-tombe qui martèle inlassablement ces quatre mots : « Le Maître de Souffrance... Le Maître de Souffrance... ». Le cauchemar s'interrompt là-dessus, et je me réveille en nage !

Nox s'était insensiblement penché en avant pour ne pas perdre une miette du récit. Il se rejeta brusquement en arrière pour porter ce jugement péremptoire :

– Passionnant ! Absolument passionnant !

– Puisque vous le dites... convint Phalène, un brin sarcastique.

Ce furent ses dernières paroles de la journée.

La nuit était tombée. Le délai autorisant l'éphémère cohabitation des deux hommes était arrivé à échéance. La permutation consommée, le fonctionnaire de police s'effaçait devant le limier ; le talent se retirait dans la coulisse, le génie se préparait à entrer en scène.

Nox, désormais solitaire, avait hérité de la mine soucieuse de son alter ego, mais le regard brûlant sous l'oblique des sourcils froncés à l'extrême trahissait davantage la détermination que la longanimité. S'accordant le stimulant d'une double pipe, il commença par imprégner son esprit de la foison de renseignements dont Phalène l'avait généreusement abreuvé, puis s'employa dans un second temps à en recouper la teneur avec des éléments de son abondante documentation personnelle. La réflexion tue l'action, soutient le proverbe, mais la proposition inverse n'est pas moins avérée. Dès lors que les données essentielles en sa possession, même fragmentaires, eurent trouvé leur emplacement désigné dans la logique du puzzle, que la soudure mentale eut été opérée et la synthèse générale établie, les grandes manœuvres d'hiver pouvaient débuter.

Il décrocha le combiné téléphonique et forma le numéro personnel du docteur Gaboriau. Ce dernier était absent. Il devait être encore au palais de l'Élysée, vaquant à ses occupations très privées d'éminence grise auprès de son ami, le chef de l'État. Nox appela sur la ligne directe. On décrocha.

— Allô. Bonsoir. Je voudrais parler au docteur Gaboriau, s'il vous plaît.

— Ah, désolé, fit une voix policée. Le docteur est sorti. Essayez chez lui.

L'interlocuteur allait raccrocher, lorsque le détective, se payant d'audace, sollicita :

— Qu'à cela ne tienne ; passez-moi M. Philippe Monestier.

— Le... Le président ? Mais... C'est de la part de qui ?

— Capitaine Harmmakis Nox. Et j'apprécierais votre diligence.

Le responsable du protocole dut être estomaqué que le chef de l'État s'emparât de la communication au seul énoncé de ce patronyme.

— Capitaine Nox... Quel bon vent ?

— Hum ! J'aurais voulu parler au docteur Gaboriau...

Il y eut un rire au bout du fil.

— J'espère être capable de le remplacer au mieux...

— C'est que... Je ne souhaitais pas vous alarmer personnellement, monsieur le président.

— M'alarmer ? À quel sujet ?

— Écoutez-moi attentivement : j'ai tout lieu de croire que la vie de tous les héritiers présomptifs, prétendants virtuels et autres candidats au trône de France, est actuellement en danger...

Un silence épais suivit cette étonnante allégation.

— Nox ! s'exclama enfin le chef de l'État. C'est pure sorcellerie... Le prince Rhomkorff a été assassiné pas plus tard que ce matin, et le comte de Notre-Dame vient d'être, cet après-midi même, l'objet d'un attentat à son domicile ! Gaboriau est actuellement à son chevet. En tant que médecin, bien sûr, mais aussi au titre d'émissaire officieux de la Présidence.

– J'aimerais l'y rejoindre.

– Bon. Je vous donne l'adresse.

Nox allait raccrocher sur un bref salut, mais le locataire de l'Élysée ne l'entendit pas de cette oreille.

– ... Mais enfin, capitaine, ces nouvelles sont tenues confidentielles ; qui diable a bien pu vous prévenir ?

– Un cadavre découvert voici une dizaine de jours dans une chambre d'hôtel.

– Un cadavre ? Nom d'un chien ! Expliquez-vous...

Le détective enchaîna abruptement :

– ... Mais rassurez-vous : ses quatre amis ont parlé...

– Ses quatre amis ? Que voulez-vous dire, à la fin ?

Nox laissa tomber sur la table basse les cartes qu'il tenait en main et conclut, sibyllin :

– ... Charles, David, César et Alexandre.

Cette fois, il raccrocha sans ménagement en imaginant, vaguement amusé, la perplexité de son illustre correspondant.

MONSEIGNEUR

La Sigurd-Atlantis roulait dans l'avenue Foch aussi vite que le permettait la circulation. En vue de la porte Dauphine, Nox obliqua à gauche dans la rue Spontini, puis se rabattit presque aussitôt dans la petite rue de Bragance. Il ralentit et vint se garer devant les plots de ciment qui balisaient un décrochement dans la ligne d'immeubles. L'hôtel particulier abritant le pied-à-terre parisien du comte de Notre-Dame se nichait encore en retrait, derrière les volutes torturées de sa grille rococo. Le détective sortit en trombe de la cylindrée et s'élança dans la voie privée comme s'il avait été porté par sa cape couleur de nuit. La grille franchie – le portail bâillait de l'attendre –, il escalada le perron en fer à cheval, entrevoyant Gaboriau qui guettait sa venue, le nez collé à la porte vitrée. Le conseiller privé du chef de l'État lui ouvrit et l'accueillit avec un soupir de soulagement.

– ... Capitaine Nox... Heureux de vous revoir, même si les circonstances...

Il mangea le reste de sa phrase et chuchota en confidence :

– ... Le président vient de me téléphoner.

– Bonsoir, docteur, répondit le visiteur en ôtant sa cape.

Sa physionomie était à ce moment assez éloquente pour que Gaboriau ne se perdît pas en d'inutiles digressions.

– Le comte a été victime d'une tentative d'assassinat, confirma ce dernier. Il est tiré d'affaire, Dieu merci, mais il ne doit son salut qu'à un véritable miracle.

– Il peut répondre à quelques questions ?

– Oui, mais ne forcez pas trop votre talent. Il est quand même sérieusement touché.

– Je suis un peu étonné de ne voir aucun déploiement de police.

– C'est que... Je ne l'ai pas alertée. Pas encore. La personnalité du comte...

– Ne changeons rien à cela ! recommanda vivement le capitaine, se hâtant d'argumenter : la force publique n'est-elle pas d'ores et déjà à pied d'œuvre en la personne de l'inspecteur Phalène ? Il serait d'ailleurs excellent que vous me donniez pour tel à votre hôte.

Le pseudo-policier s'enquit sans transition :

– ... Au fait, vous-même, comment avez-vous été averti ?

– Notre-Dame est un ami personnel. Il m'a contacté tantôt en urgence. Par bonheur, je me trouvais chez moi ; et comme j'habite à deux pas...

– Où est-il ?

– Dans sa chambre, au premier.

Le chapeau et les gants allèrent rejoindre la cape sur le siège d'une bergère Louis XVI.

Ils empruntèrent l'escalier tournant en silence. À l'étage, le palier se prolongeait d'un corridor faiblement éclairé par des appliques en torchères. Au fond, à gauche, une porte ouverte dont l'encadrement se définissait par une lumière plus crue laissait échapper la rumeur feutrée d'une conversation.

– ... Voici l'inspecteur Phalène de la Police judiciaire, annonça Gaboriau comme ils entraient dans la chambre.

Trois regards attentifs convergèrent sur le nouveau venu.

L'échange de civilités subséquent instruisit Nox que l'homme entre deux âges qui réajustait ses boutons de manchettes était le docteur Rigal-Thirard, chirurgien des grands de ce monde et ancien confrère de Gaboriau ; que la jeune femme en tenue d'infirmière répondait au nom de Maud de la Frayssenne, et que le blessé alité n'était rien moins que Henri, huitième comte de Notre-Dame, accessoirement candidat le mieux placé sur la liste des candidats virtuels au trône de Saint Louis.

Moitié couché, moitié assis, la tête rejetée en arrière sur une accumulation d'oreillers, le dernier des Capétiens conservait en dépit de la souffrance le masque de dignité que son rang lui imposait d'arborer en toutes circonstances. Son avant-bras gauche était étroitement sanglé sur l'abdomen par un linge en écharpe broché du poignet à l'épaule. Piqué dans la pliure du bras droit, un mince tuyau de transfusion remontait à un goutte-à-goutte suspendu à la tête du lit. C'était un homme jeune dont on aurait pu dresser le signalement en ces termes concis : trentaine athlétique, physique de jeune premier. Relevant le front que l'infirmière venait d'humecter, il émit un salut douloureux à l'adresse du détective.

– M. le comte est heureusement hors de danger, se complut à répéter Gaboriau.

– C'est donc une tentative d'assassinat, résuma Nox.

Le blessé grimaça un pauvre sourire et acquiesça :

– Étant donné la force de mon assaillant et sa farouche détermination à m'occire, on peut vraiment appeler ça ainsi !

Une discussion en comité restreint s'ébauchait. Ses trois protagonistes potentiels regardèrent Rigal-Thirard refermer sa trousse et passer son manteau. Personnage discret autant que perspicace, le chirurgien avait deviné que ce qui allait se dire entre ces murs dépassait le cadre purement médical.

– Bon ! lança-t-il au rescapé. En ce qui me concerne, c'est terminé. Maud restera à votre chevet pour la nuit. Elle sait où me joindre s'il y a la moindre complication.

Il sortit, suivi par l'infirmière.

Plus précautionneux que réellement soupçonneux, Nox alla refermer la porte sur le couple avant de revenir s'asseoir près de Gaboriau sur la chaise laissée vacante par la jeune femme.

– À présent, ... Monseigneur (il buta sur le titre, si rare dans la conversation courante), je vous écoute.

– Voici, commença le comte avec effort : il était environ quatorze heures trente. Je m'apprêtais à partir pour mon entraînement d'escrime. J'entrais dans le salon pour chercher mon attirail ; c'est alors que, dépassant le guéridon sur le chemin de la sortie, j'entendis le bruit d'un choc sur le plateau de marbre. Je sursautai. L'objet paraissait être tombé de nulle part. C'était un gantelet de mailles. Sur le dessus, je distinguai furtivement un blason armorié. Quelqu'un m'attendait, et ce quelqu'un venait brusquement de surgir en écartant le double rideau de la croisée la plus proche. L'homme était intégralement vêtu de noir depuis le masque jusqu'aux escarpins. Son costume aurait pu être celui d'un rat d'hôtel – gants, collants, justaucorps –, mais il eût pu tout aussi bien convenir à un escrimeur ; ce qu'il était, du reste – ô combien ! –, car apparurent bientôt comme par magie entre ses mains une dague et une épée.

« Que voulez-vous ? », balbutiai-je, l'esprit agité de mille supputations. À quoi il me répondit distinctement ces trois mots : « Réparation et justice ! » Je dois avouer que cette repartie me laissa sans voix. Je n'avais jamais, à ma connaissance, commis d'iniquité telle que je dusse en rendre raison dans un duel à mort... Parce que, c'était bien à cela qu'il me conviait, ainsi que la suite le démontra ! De fait, ignorant délibérément mon ébahissement, il pointa la rapière et le couteau sur ma poitrine et me lança : « Vous êtes armé ; défendez votre vie ! » J'avais en mains, il est vrai, mes lames d'exercice : épées, fleurets – je ne pratique pas le sabre – mais pas l'ombre d'une dague. La chose m'apparut alors dans son angoissante singularité : l'inconnu entendait m'imposer à brûle-pourpoint un duel à l'italienne aux deux mains armées, un duel comme il ne s'en était pas négocié depuis la fin des Valois !

« ... Des Valois », enregistra Nox pour lui-même.

– « Je... je n'ai pas de dague... », tentai-je de plaider. « Qu'à cela ne tienne ! », répliqua-t-il, et, bon prince, il rengaina l'arme litigieuse. Comprenant à cet instant que je n'échapperais plus à son défi, je sélectionnai une lame de ma panoplie et me mis en garde. Le combat s'engagea. L'homme, dès les premiers échanges, montra ses qualités. De mon côté, sans être un bretteur émérite, je ne passe pas pour un novice ; mais mon adversaire... Seigneur... Quelle maestria ! Nous sortîmes du salon. Il me repoussa jusqu'à l'escalier, que je montai à reculons dans un état d'infériorité flagrante malgré ma position dominante. À mi-parcours, il m'administra une série de passes étourdissantes que je contrai de mon mieux, presque à l'aveuglette tant voletait rapidement son estoc. Et puis... Et puis... Sans que je susse comment, il me porta au niveau du cœur ce coup qu'il dut présumer fatal, et je me vis proprement embroché. Je vacillai et me répandis sur le tapis des marches. Quant à lui, superbement assuré de l'infaillibilité de sa botte, il rengaina et s'en fut, sans prononcer une parole, me laissant pour agonisant. J'attendis quelques minutes, puis me relevai à grand-peine, perdant mon sang en abondance, et redescendis l'escalier en m'aidant de la rampe. Je me traînai jusqu'au vestibule, décrochai le téléphone, et... heureusement que je connaissais par cœur le numéro du docteur !

– L'agresseur, en tout cas, paraissait admirablement renseigné, remarqua Nox. Vos habitudes, la façon de s'introduire chez vous, les lieux déserts...

– Oh ! Vous savez, inspecteur, la maison n'a rien d'une forteresse ; nos valeurs et nos biens les plus précieux sont en sûreté. Malgré un système d'alarme, d'ailleurs des plus rudimentaires, il n'est guère difficile de pénétrer ici...

– ... J'ai relevé des traces d'effraction sur la porte de l'entrée de service, souffla Gaboriau à son voisin.

– ... En outre, il y a toujours quelqu'un.

– Peut-être, objecta le détective, mais cet après-midi, comme par hasard, il n'y avait personne.

– Circonstances exceptionnelles : ma famille et celle de ma fiancée sont à Gstaad, aux sports d'hiver. Je me disposais à les rejoindre pour les fêtes. Dans cette perspective, j'avais déjà mis en congé la domesticité.

Le comte marqua une pause pour donner plus de relief à ce qui allait suivre.

– ... Admirablement renseigné, certes ! Sauf, Dieu merci, sur un point capital d'ordre anatomique : mon adversaire ignorait que j'ai le cœur placé à droite ! Une malformation de naissance. Quelques millimètres de plus, et...

Le blessé eut un sourire complice accompagné d'un mouvement du torse qu'il regretta aussitôt. On le vit se contracter de douleur.

– Ne vous agitez pas ! conseilla Gaboriau à contretemps.

– ... Un véritable miracle, en effet, concéda Nox avant de déplorer : dommage que le prince Rhomkorff n'ait pas bénéficié de la même chance...

Cédant à l'invite implicite du capitaine, Gaboriau y alla de sa narration :

– Les faits sont tragiquement simples : ce matin aux aurores, le prince sort faire sa promenade quotidienne dans le parc de sa propriété de Saint-Cloud. Les heures passent. Il ne revient pas. À neuf heures, son entourage, inquiet, décide d'organiser une battue. On ne tarde pas à le découvrir : le disparu gît aux confins du parc, au pied d'un arbre, la poitrine ensanglantée. Malheureusement pour lui, son muscle cardiaque n'occupait pas une position inhabituelle...

Le détective inclina la tête de côté et prit un air réfléchi pour traduire l'opinion commune.

– Je constate qu'il ne fait de doute pour personne que ces deux actes sont imputables au même agresseur. Reconnaissons que notre spadassin fantôme s'est mijoté un fameux emploi du temps pour sa journée de vendredi !

— D'accord, mais là, il s'agit bel et bien d'un assassinat ! s'indigna le comte. À supposer qu'il y ait eu duel, Rhomkorff n'avait aucune chance. C'était un homme âgé, presque impotent, qui ignorait tout de la science des armes.

— Vous le connaissiez ?

— De très loin. Nos familles cultivent volontiers un jaloux quant-à-soi sur fond de rivalité intestine.

Nox leva un index professoral.

— Pour ce qui vous concerne, Monseigneur, une chose est impérative : la rumeur de votre « assassinat », et plus encore celle de votre survie, ne doivent être ébruitées sous aucun prétexte. Inutile d'exhorter le criminel à la récidive.

— Décidément, notre inspecteur pense à tout ! pavoisa Gaboriau en prenant le blessé à témoin. Au reste, le fait d'avoir flairé avec tant de lucidité les dessous de cette affaire n'est-il pas la marque d'un limier exceptionnel ? Se tournant vers Nox : À propos, comment avez-vous fait pour entrevoir le pot-aux-roses ? Le président, tout à l'heure, m'a évasivement parlé d'un cadavre découvert dans une chambre d'hôtel et d'un réseau de quatre informateurs...

— Ah, oui ! s'esclaffa le détective. Charles, David, César et Alexandre... Un peu de patience, docteur ; il est nécessaire pour la clarté de l'exposé de replacer les événements dans l'ordre chronologique. Il y a de cela une dizaine de jours, donc, on trouve le corps d'un inconnu, assassiné dans une chambre d'hôtel. Or, cet inconnu n'était pas n'importe qui, puisque son commanditaire – vraisemblablement son meurtrier – n'avait pas hésité à le faire venir à grands frais d'une contrée lointaine. Très vite naquit en moi l'idée que la mise au jour de son identité et surtout de sa profession pourrait apporter un éclairage décisif sur ce ténébreux dossier. À cette fin, je cristallisai mon raisonnement autour d'une intuition, intuition d'autant moins arbitraire qu'elle s'intégrait idéalement au contexte... Mais un policier digne de ce nom ne saurait se contenter d'intuitions ; il me fallait un élément de preuve. Je l'obtins en consultant ma documentation personnelle, en l'espèce un article de *Time Magazine* paru en février 1994. Cet article brocardait allègrement la fièvre généalogiste qui s'était emparée de la vieille Europe à la suite des bouleversements politiques intervenus à l'Est. Le jeu consistait à établir la légitimité des différents prétendants aux trônes, parfois à arbitrer leurs titres, souvent à en retrouver tout bêtement la trace. Le maître incontesté de cette spécialité moins frivole qu'il y paraît, véritable génie de l'investigation historique, était un citoyen néo-zélandais, né en 1950 d'un père maori et d'une mère anglo-portugaise, affublé du nom pittoresque de Sogitherme Martyrolupe Waïtéravéa'Vaé – Nox s'épargna d'ajouter « plus connu dans nos régions sous le pseudonyme de Glastonbury Chan ». Une photo de lui figurait en marge de l'article, et ce portrait correspondait parfaitement avec le signalement de l'homme de l'hôtel. Ce petit mystère élucidé, restait à définir le pourquoi du meurtre. Ce fut le cadavre lui-même qui, par-delà la mort, répondit à cette question. Imaginons notre généalogiste parvenu à la phase ultime de ses recherches concernant la succession au trône de France. Il a réuni les pièces maîtresses du dossier et en a remis – tout ou partie – la teneur à son commanditaire. C'est alors qu'il prend conscience, trop tard, du caractère sulfureux de certains détails, pour l'heure ignorés de nous. À quel moment germa dans cet esprit brillant ce sentiment d'appréhension qui lui fit craindre pour sa vie ? Cela, nul ne peut le dater avec exactitude. L'essentiel est qu'il ressentit que le risque existait, ce qui l'incita à laisser un message destiné à lui survivre dans l'éventualité – hélas vérifiée – d'un trépas prématuré. Bien sûr, il aurait pu s'attarder à rédiger une déclaration en bonne et due forme et à nous la transmettre par les voies normales, mais peut-être fut-il pris de court... N'importe ! En dépit de l'acharnement du tueur à ne laisser aucune trace derrière lui, nous trouvons ce message dissimulé dans le talon amovible d'une chaussure : un jeu de trente-deux cartes miniature, espace réduit oblige.

– Des cartes ? s'étonna Gaboriau.

– ... Plus précisément, un jeu de *vingt-huit* cartes, car quatre manquaient à l'appel : Charles, David, César et Alexandre.

– Les rois ! s'exclama Notre-Dame.

– ... Si on associe cette absence au fait que le jeu était français – un ressortissant du Commonwealth, joueur ou amateur de réussites, aurait dû en bonne logique posséder un jeu anglais –, il n'y avait dès lors plus grand effort intellectuel à fournir pour spéculer que les quatre candidats principaux à la couronne – compte tenu du sort réservé à celui qui avait enquêté sur leur généalogie – encouraient les plus graves périls ! Je n'ai malheureusement découvert cela qu'il y a deux heures à peine. Ce qui m'inquiète, c'est que l'assassin a frappé par deux fois aujourd'hui les prétendants les plus célèbres. Or, rappelez-vous : ce ne sont pas seulement deux cartes qui brillent par leur absence, mais quatre. Deux autres légataires, inconnus de nous, sont donc en danger de mort... sinon déjà sacrifiés !

– Franchement, je ne vois pas de qui il pourrait s'agir, réfléchit le blessé. La légitimité du prince Rhomkorff elle-même n'a jamais été formellement démontrée...

– Elle l'est aujourd'hui plus qu'elle le fut jamais ! riposta Nox avec véhémence. L'assassin, en le frappant, lui a décerné le plus irrécusable brevet d'authenticité !

– Mais pourquoi un tel déferlement de folie meurtrière ?

– ... Folie, dites-vous ? achoppa Nox, dubitatif. Ma foi, ce n'est pas à exclure, mais en l'occurrence, je ne crois pas beaucoup à l'acte gratuit. Puisque nous abordons le chapitre des mobiles, je pencherais plutôt, me référant à la revendication formulée par votre agresseur, pour la vengeance – une haine viscérale de la royauté, qui sait ? – ; accessoirement pour la soif de pouvoir...

– En ce qui concerne le pouvoir, intervint Gaboriau, je vous concède que la classe politique subit depuis quelques années une sensible désaffection, pour ne pas dire un désaveu certain de la part des électeurs, mais de là à envisager une restauration de la monarchie... !

Indirectement mis en cause, le comte monta en ligne.

– Il est de notoriété publique, messieurs, que je ne caresse – au grand dam parfois de mes plus chauds partisans – aucune ambition politique. Outre cela, retenez que l'ensemble de ceux qui soutiendraient l'élection d'un monarque présenté comme tel dans le cadre démocratique ne recueille aux meilleurs jours dans les sondages que quatre pour cent de l'électorat. L'hypothèse d'une troisième Restauration s'avère donc pour l'instant purement chimérique.

– Pardon de revenir en arrière, rebondit le détective, mais vous avez parlé de votre fiancée. J'en déduis que vous n'avez pas encore d'héritier...

– C'est évident.

– ... Et le prince Rhomkorff, connaissez-vous sa situation de famille ?

– Il n'a, lui non plus, aucune descendance directe. Est-ce important ?

— Hé ! Cela pourrait l'être... Vos disparitions rapprochées laisseraient le champ libre à un prétendant moins bien placé...

— Si je comprends bien, vous sous-entendez que le coupable serait l'un des deux « autres » ? Je ne veux pas plaider pour ma chapelle, mais il pourrait s'agir tout autant d'un républicain fanatisé, désireux d'éteindre à jamais la flamme monarchique !

— Allons donc ! Pourquoi pas l'arrière-petit-neveu de Robespierre ? plaisanta Gaboriau.

Nox toussota longuement pour éluder un débat qu'à tort ou à raison il présumait stérile. Jugeant le moment venu d'aiguiller la discussion sur d'autres rails, il demanda au blessé sur un ton allusif :

— Le nom de Mortifer évoque-t-il quelque chose pour vous ?

Au seul énoncé de ce patronyme, l'interpellé coula sur le détective un regard où se lisaient la surprise et l'intérêt.

— Il est étrange que vous mentionniez cela, inspecteur. Avant ce soir, je n'aurais jamais accordé le moindre crédit à cette fable...

— ... Mais depuis, cette fable a pris du corps, n'est-ce pas ?

Gaboriau détestait se sentir exclu. Il rappela sa présence par un impatient « ... Une fable... Quelle fable ? »

— Une légende, s'ouvrit Notre-Dame ; un secret qui remonte à quatre bons siècles. Pour les Bourbons, le duc de Mortifer, car duc il y a, procède de ce que l'on pourrait appeler une...

mythologie négative. Une sorte d'épouvantail, responsable occulte des infortunes et malheurs séculaires de notre lignée. Qui a assassiné Henri IV ? Ravaillac, bien sûr ; mais qui a armé le bras de Ravaillac dans la coulisse ? Notre famille répond depuis des lustres à ses jeunes héritiers trop curieux : le duc de Mortifer. Qui a menacé le destin de Louis XIV enfant pendant la régence de sa mère ? Les manuels s'accordent pour répondre : la Fronde des seigneurs, et c'est pure vérité. Mais à la base du complot, l'organisateur caché, le chef d'orchestre mystérieux ? ... Encore le duc de Mortifer ! Et sous la Révolution... Qui donc a provoqué la chute et la mort du roi ? Marat ? Danton ? Philippe-Égalité ? En surface, c'est l'évidence, mais souterrainement, qui ? Qui, sinon l'impitoyable maître de la dynastie noire, le machiavélique, le sinistre duc de Mortifer ?

Le comte avait assorti sa tirade d'un ton qu'il s'était efforcé de rendre outrancièrement mélodramatique, mais Nox ne fut pas dupe de cette affectation.

– Chaque légende comporte un fond de vérité, récita-t-il. Pour m'en tenir aux faits, il semble que notre duc maléfique – ou quelqu'un animé de la volonté de l'incarner – ait décidé de reprendre du service !

– Cela cadrerait assez, tout bien réfléchi, avec l'attitude de mon assaillant, reconnut le blessé.

– Pouvez-vous le décrire ?

– Hum ! Un homme grand, mince, souple...

Votre stature, à peu près. (Nox ne cilla pas.) Sous le masque, un regard mobile, brillant, brûlant... Drôle de masque, d'ailleurs. Un loup de velours noir de forme inusitée. Cela lui faisait de part et d'autre des yeux comme des ailes de papillon...

– ... De papillon, répéta le détective en maîtrisant son trouble.

– ... Mais attendez ! se récria le comte. Je me souviens, maintenant, de l'ornement sur le blason du gantelet. Un papillon... noir sur champ écarlate... Je possède quelques notions d'héraldique, mais j'avoue n'avoir jamais rencontré ces armoiries.

Nox écarta résolument son siège et se dressa.

– J'en sais assez, trancha-t-il. Permettez-moi de me retirer. Il faut que je rentre préparer mes bagages.

– Comment ! Vous... vous partez en voyage ? bredouilla Gaboriau avec l'intonation qu'il aurait mise pour dire « Vous désertez le champ de bataille au moment de l'assaut ? »

– En quelque sorte... répondit le détective en décochant à ses interlocuteurs un sourire d'une séraphique ambiguïté.

DESCENTE AUX ENFERS

De retour chez lui, Nox se livra à ses préparatifs. Il s'attabla ensuite à son bureau pour taper une lettre, puis, ayant repoussé la machine à écrire, se mit à griffonner brouillon sur brouillon avec le concours épisodique d'un vieux plan du métropolitain. Ces occupations diverses jusqu'à l'absorption comprise d'un frugal souper le conduisirent aux alentours de minuit et demi, heure à laquelle il décida de lever le camp.

N'était le moment choisi, on aurait pu croire, à le voir descendre la rue du faubourg Saint-Honoré un grand sac de cuir souple à la main, qu'il partait effectivement en voyage. Il posta sa lettre place Saint-Philippe-du-Roule avant de s'engouffrer dans la bouche de métro. Les formalités d'accès expédiées, il s'enfonça d'un étage supplémentaire pour gagner le quai desservant la direction Mairie de Montreuil. La dernière rame de la journée déboucha du tunnel de gauche et s'immobilisa. Nox monta dans le deuxième wagon de tête. On était loin de l'heure d'affluence, mais il y avait encore du monde. Parmi les voyageurs, tous assis, quelques solitaires lisaient, d'autres prenaient un acompte sur leur nuit de sommeil. Au fond de la voiture, un groupe de touristes en goguette s'esclaffait avec une régularité horlogère ; à l'écart, un jeune couple s'embrassait. Nox préféra rester debout, le sac posé à ses pieds.

Les stations défilaient. Havre-Caumartin... Chaussée-d'Antin... Richelieu-Drouot...

Passée Bonne-Nouvelle, Nox empoigna les courroies de son bagage et s'approcha de la portière. Strasbourg-Saint-Denis. Le premier objectif était atteint. Il descendit. Les passagers qui l'avaient imité s'acheminèrent vers la sortie. Il les regarda disparaître. Demeuré seul, il alla s'asseoir derrière l'alignement compact des armoires électrogènes. Une voix rocailleuse, déformée jusqu'au crachotis, s'éleva soudain d'un haut-parleur : « Attention... dans dix minutes, fermeture de la station. Réouverture, ce matin, cinq heures. » Dédaignant l'information, le détective se recroquevilla derrière les armoires comme pour se soustraire complètement aux regards, la ronde inopportune d'un employé zélé étant toujours possible.

Dix minutes plus tard, les néons s'éteignirent, livrant la station à l'obscurité. Nox déploya ses jambes. Il posa le sac sur ses genoux, l'ouvrit à l'aveuglette et y puisa une lampe-torche qu'il alluma, réglant prudemment l'intensité sur la veilleuse. Il referma le sac, se leva, traversa le quai sur la droite jusqu'à son extrémité, et là, écarta sans hésiter la pancarte « Interdit au public » pour descendre sur la voie. Le faisceau de la lampe sensiblement augmenté balaya le tunnel. Nox s'y engagea, écrasant sous ses semelles la pierraille charbonneuse du ballast. Sa destination ? La station suivante sur le trajet. République, donc. République ? Voire... Car, interrompant la ténébreuse perspective, venait d'apparaître une autre station, station oubliée, rayée des cartes, expiant une trop grande proximité avec ses voisines. À la lueur de la torche qui déplaçait les ombres, la gare désaffectée revêtait un aspect quasi irréel. Nox s'imagina, archéologue d'un lointain futur explorant les vestiges d'une civilisation disparue, la nôtre pourtant... Qu'était-il venu faire dans cette crypte ferroviaire ? Simplement apporter sa traduction concrète à un cauchemar, un cauchemar au sens caché, bourré de rébus et de jeux de mots à tiroirs, dont son intelligence subtilement alambiquée n'avait pas fini d'épuiser les interprétations. Il s'agissait en somme de répondre à une invitation pressante en forme de défi : celle d'aller rejoindre en son repaire secret l'hôte mystérieux qui la lui avait transmise par les messageries du rêve.

« Mirabeau... Saint-Mandé... Rambuteau... »

Il n'avait fait qu'une bouchée de l'énigme préliminaire. La répétition obsessionnelle de ces trois stations éparpillées sur le réseau déterminait, à n'en pas douter, le départ de sa quête.

MIRABEAU
SAINT-MANDÉ
RAMBUTEAU

Un rapide griffonnage, et la lumière avait jailli par association d'idées. Fruit d'une troublante synthèse, un quatrième nom apparaissait sous les trois autres ; il lui avait suffi de prélever une dîme sur chaque mot. La première syllabe du premier nom, la deuxième syllabe du deuxième nom, la troisième du dernier nom... et de les juxtaposer afin de créer de toutes pièces un nouveau substantif. Qu'obtenait-on ? MI–MAN–TEAU. Mais Mimanteau n'était pas le nom d'une station. À quoi diable pouvait bien correspondre Mimanteau ? Mi-manteau... La moitié d'un manteau... Au quatrième siècle de notre ère, durant un hiver particulièrement rigoureux, un cavalier aussi intrépide que charitable n'avait-il pas tranché son manteau d'un coup de glaive pour en donner la moitié à un mendiant grelottant de froid ? L'acte définissait l'homme. Nox orienta le rayon de sa lampe sur le nom du bienfaiteur qui s'inscrivait en lettres de faïence sur le mur gangrené. Saint Martin ! Saint-Martin, station proscrite du réseau qui reprenait l'intitulé du boulevard la surplombant à l'air libre... Le début s'annonçait prometteur !

La ligne, gares et tunnels confondus, se voyait séparée depuis Rue-Montmartre par une épaisse muraille longitudinale percée à intervalles constants d'ouvertures rectangulaires. Saint-Martin n'échappait pas à la règle.

« La la la, la la la la la la la... »

Presque inconsciemment, le détective s'était mis à fredonner les premières mesures de

L'Enlèvement au sérail. Toujours chantonnant, il franchit un de ces passages pour se retrouver dans un décor analogue à celui qu'il venait d'abandonner. Usant de cette correspondance directe, il n'avait fait en somme que transiter d'un quai à l'autre, échangeant la direction Mairie de Montreuil contre celle du Pont de Sèvres. Si le lieu suggéré par le cauchemar était bien Saint-Martin, la réponse aux autres questions se trouverait nécessairement de ce côté-ci. De fait, compte tenu de la tournure qu'avait pris l'affaire et du profil supposé du « Maître de Souffrance », il était hautement improbable que l'intention générale allât dans le sens de la République, que ce terme fût envisagé dans son acception purement historique ou dans sa désignation plus trivialement métropolitaine.

« La la la, la la la la la la la... »

Nox prit position entre les rails à la naissance de la station, dos tourné à ladite République. Il déposa son sac sur l'avancée du quai et commença à marcher d'un pas régulier en comptant les traverses.

« La la la, la la la la la la la... »

Ainsi rythmait-il par chaque note ses enjambées sur les pièces de bois. Il suspendit sa progression saccadée sur la trente-septième, celle qui, dans le cauchemar de Phalène, concluait si abruptement le morceau. Ce manège l'avait conduit pratiquement à mi-station. Surpris par le pinceau de la lampe, quatre rats occupés à quelque mystérieuse besogne de fouissage disparurent comme par enchantement. Se pouvait-il qu'il y eût un passage... Un passage sous la voie ? Nox demeurait perplexe. Une question, secondaire en apparence, le tracassait. Si le Maître de Souffrance était fervent d'opéras mozartiens, pourquoi avoir opté pour *L'Enlèvement au sérail* plutôt que pour *Don Giovanni* ou *La Flûte enchantée*? Il devait y avoir une raison. Le détective s'accroupit et remua la caillasse d'un geste vague. Il caressa le rail extérieur entre le ruban de transmission et la rampe de guidage – sans résultat – et renouvela ses attouchements sur le rail opposé. Focalisant le rayon de la torche sur ce périmètre, il ne vit rien à proprement parler, mais son index décela une coupure qui, presque imperceptiblement, fragmentait le serpent d'acier. Ce détail n'avait rien pour surprendre ; un rail, par nature, n'aurait su être indéfiniment continu. De là à trouver un second raccordement à quatre-vingts centimètres seulement du premier, et en parfaite équidistance par rapport à la traverse fatidique... Intrigué, Nox poursuivit ses investigations tactiles en effleurant le col du rail. Emprisonnant le patin jusque sous le ballast, deux crampons massifs répartissaient leurs six broches rivetées de chaque côté des sections jumelles. Par bonheur, les rivets n'étaient pas soudés, mais simplement vissés. L'extraction des douze tortillons d'acier hors de leur logement ne demanda que quelques minutes. Le détective avait assimilé le principe du bouclage : les crampons n'étaient que de vulgaires loquets. Cette fois, il balaya vivement les gravats le long du rail, et, retenant sa respiration, fit coulisser par à-coups les deux éclisses de part et d'autre du tronçon. Celui-ci se trouva bientôt dégagé. Il ne restait plus qu'à l'attirer à soi, et l'ensemble suivrait. C'était hélas chose plus facile à dire qu'à faire, en raison du poids de l'amalgame, et surtout de l'opiniâtre rétention du terrain. Il fallait donc y mettre une force surhumaine à défaut d'avoir en sa possession le levier adéquat, instrument dont Nox, bien entendu, était entièrement dépourvu.

Le détective pesta contre l'adversité, mais, homme de ressources, rechercha aussitôt la façon d'en pallier les effets. Il s'absorbait dans ce nouveau problème, quand le rail rendit sous son pied les échos d'un glissement allant s'amplifiant. Se retournant d'un bloc, il rencontra le regard jaunâtre d'une paire de phares qui grossissaient à vue d'œil dans la courbe du tunnel. Un train en provenance de la République fondait sur lui à une vitesse folle ! Un train... à cette heure !

Nox connut cet instant de flottement d'autant plus long chez le cérébral qu'il conditionne la durée comprise entre la déconnexion de l'intellect et le passage à l'acte purement instinctif. Cet instant-là, de toute manière, fut de trop, car il ne disposait plus, désormais, du temps matériel pour échapper au péril. Impossible de sauter sur la voie adverse pour cause de paroi longitudinale, dépourvue de fenêtre dans cette zone. Impossible également de se hisser sur le quai ; à cet endroit, une palissade couverte de tags s'étendait sur une trentaine de mètres et s'avançait au bord extrême du quai. Inenvisageable, tout autant, de s'élancer à rebours de la voie jusqu'au dégagement sans encourir le risque de se faire repérer... ni celui, infiniment plus lourd de conséquences, de se faire écharper par le bolide ! Les choses, dès lors, se déroulèrent sur le mode accéléré : Nox éteignit sa lampe, plongea par-dessus la rampe conductrice et, ayant atterri sur l'étroit remblai, eut juste le temps de se plaquer de tout son long sous le triple niveau de câbles électriques. L'espace compris entre la voie et le quai autorisait cette initiative désespérée, sous réserve que l'intéressé ne fût pas excessivement corpulent... Le détective eut à souffrir de ce contact brutal, mais sa promptitude retrouvée lui avait au moins sauvé la vie. Un élément imprévu ajouta cependant à sa douleur : la saillie d'un objet dur torturait son échine à hauteur des reins. Il s'occuperait de ces menus bobos plus tard. Pour l'heure, il écrasa ses paupières, serra les dents, et ressentit à quelques centimètres de son visage le travail des roues contre l'acier des rails. Le chuintement fut aussi bref qu'impressionnant ; il se perdit peu après dans la nuit du tunnel.

« ... Une motrice d'entretien ralliant sa base », conjectura le rescapé en se relevant.

Il ralluma la lampe, s'épousseta et s'intéressa à la cause de ses souffrances. C'était une longue paire de pinces aux branches démesurées et aux mâchoires en tenailles. L'occasion était trop belle ; grâce à cette trouvaille, l'extraction devenait maintenant possible. L'hôte mystérieux vous avait de ces égards... Car, comment en douter, c'était lui qui avait placé là l'outil providentiel. Nox posa la torche et se cala contre le muret du quai. Saisissant la pince à deux mains, il lui fit mordre l'âme du rail intérieur puis tira... tira... Chacune de ses tentatives l'encourageait à redoubler d'efforts ; ne sentait-il pas quelque chose venir à lui ? Le battant d'une trappe se dessina, s'arracha, se souleva. La traverse elle-même plia, et les charnières rouillées grincèrent devant le ruban de transmission. Nox avait découvert le passage, libéré l'accès, enlevé le couvercle. *Enlevé,*... Il se répéta ce mot comme s'il l'entendait pour la première fois. Alors il éclata de rire bruyamment ; une manière de saluer l'invention, l'humour de son hôte. *L'Enlèvement au sérail*... au serre-rail ! Car telle était, cela venait de le frapper, la dénomination précise, encyclopédique, de l'instrument.

Sa bonne humeur lui avait donné du cœur au ventre. Il remit la paire de pinces à sa place en lui adjoignant les douze rivets, et alla chercher son bagage. L'ouverture ainsi pratiquée coïncidait avec l'embouchure d'un puits rectangulaire. Le détective y glissa son sac, lequel se reçut environ deux mètres plus bas dans un bruit mat. S'introduisant lui-même dans le conduit, il s'arc-bouta à mi-chemin, referma la trappe et fit jouer les verrous de l'intérieur.

Les éclisses maintiendraient le tronçon de rail assez longtemps pour attendre le revissage des rivets, opération qu'il se promit d'effectuer à son retour... si jamais il revenait. Cela fait, il rejoignit son sac sur un petit tertre annonçant une volée de marches grossièrement taillées dans le roc. Il descendit le petit escalier, rencontrant au bas de celui-ci l'entrée d'une galerie tellement basse de plafond qu'il dut se casser en deux pour y pénétrer, et si étirée que l'œil jaune de la lampe n'en discernait pas la fin. Au moment où sa nuque engourdie allait le contraindre à une halte-génuflexion, la galerie s'évasa opportunément, ce qui lui permit de continuer sans avoir à martyriser plus longtemps ses cervicales. La grotte en continu restituait un peu l'espace d'un couloir de métro, un couloir sinuant rendu à la primitive sauvagerie du calcaire brut. Au fur et à mesure de sa progression, le spéléologue improvisé notait la déclivité de plus en plus prononcée du terrain. Encore cinq cents mètres et le couloir se brisa pour épouser la pente raide d'un nouvel escalier, lequel, cette fois, plongeait résolument dans l'abîme. Nox compta les marches. Deux cent trente-sept ! Deux cent trente-sept marches inégalement réparties sur trois paliers divergents... Un vertige digne de Piranèse ! Au bas de celles-ci se dressait un fronton desservant un embranchement de trois nouveaux corridors voûtés dont les perspectives s'amenuisaient à perte de vue. L'entrée de chacun se définissait par une maçonnerie rudimentaire.

Trois blocs de granite pour la base et les côtés, une coiffe de pavés mal équarris pour le linteau. Un problème inédit venait de surgir : quel chemin emprunter ?

Nox se frotta le menton et estima avec bon sens que la meilleure solution consistait à se référer une fois de plus aux données du cauchemar. Il commença donc par examiner les montants de granite, d'abord en éclairage direct, puis en lumière frisante, mais ne découvrit rien. Se haussant sur la pointe des bottines, il s'intéressa ensuite au sommet des trois voûtes.

« ... La fleur ! », murmura-t-il dans un souffle en étudiant le troisième linteau.

Sur le pavé central apparaissait nettement le dessin d'une fleur de lys renversée, incisée d'un coup de burin bien senti. Un lys... La fleur blanche du cauchemar, emblème des rois de France. Renversée... Pourquoi ? Nox reprit sa route, en proie à mille questions. Explorateur attentif, il photographiait mentalement les étapes du trajet plus qu'il ne s'attardait à en évaluer les distances. L'important, à ses yeux, était qu'il s'enfonçait toujours, toujours plus profond dans les entrailles de la Terre. Plus bas que les égouts, plus bas que les champignonnières, plus bas que les carrières de gypse, plus bas même que les plus secrètes catacombes, il évoluait hors des souterrains battus en des territoires non seulement inconnus, mais a fortiori totalement insoupçonnés des habitants de la surface.

Tandis qu'il ralentissait en vue d'un nouveau

carrefour, il perçut brusquement l'écho furtif d'un bruit de pas qui cessa aussitôt. Avait-il rêvé... capté le reflet sonore de ses propres pas, le travail obscur de quelque mulot ? Il secoua la tête pour chasser cette impression.

La nouvelle desserte se présentait comme une entame de gruyère criblée de multiples galeries, dont l'une se parait opportunément du signe convenu. La prévisible succession de ces lys renversés l'attendant aux endroits cruciaux s'annonçait décidément comme un précieux fil d'Ariane.

Kilomètre après kilomètre, le détective accumulait par rochers, par agrégats, par montagnes entières, le plus fabuleux cubage de matière minérale jamais suspendu au-dessus d'un homme. Les hasards de son odyssée le menèrent de grottes en boyaux, de lézardes en crevasses, de tumulus en fondrières. À l'éprouvante ascension d'une faille escarpée succéda le dévalement incontrôlé d'un éboulis en terrasses, et au délicat contournement d'un ravin aux parois suintantes, la problématique désescalade d'une cheminée rongée de moisissures. S'imposa enfin le laborieux franchissement d'un trou à rats uniquement praticable à quatre pattes... avec, à la sortie, suprême récompense, la « cathédrale de quartz ». Ainsi baptisa-t-il, émerveillé par la majesté du lieu sitôt entrevu, le colossal hypogée.

Nox poussa son sac en avant. Il fit un rétablissement et s'extirpa du goulot. La lumière de la torche provoqua l'envol d'une nuée de chauves-souris vers les hauteurs. La question de l'éclairage ne se posait pas : l'immense salle naturelle couvrait ses parois d'éclats cristallins qui répercutaient en un chatoyant kaléidoscope la timide source lumineuse. Le sol se révélant des plus accidentés, le voyageur ne refusa pas le secours des rangées de stalagmites dont il se servit pour avancer comme d'autant de cannes statiques. De par son ampleur même, l'endroit rendait malaisée la découverte d'une issue... Car il y en avait une, nécessairement, à moins que la cathédrale marquât la fin du voyage, ce dont le détective n'était pas persuadé. La logique aurait voulu que celle-ci se nichât au fond de la caverne, mais la logique n'obéissait ici qu'aux lois barbares du désordre originel, et Nox n'y rencontra au bout du compte que son propre reflet, indéfiniment fractionné par les miroirs de quartz. Il fit un tour de la salle, puis un second, s'ingéniant à inspecter la plus petite anfractuosité. Enfin, baissant le regard de la lampe, il trouva. Un trou, terrier minuscule que l'ironie du chaos avait placé à proximité du conduit d'arrivée. Inutile de chercher plus loin ; la marque habituelle s'inscrivait sur une pierre plate. Nox résolut de différer la promenade. Tout à sa fièvre exploratrice, il n'avait pas vu le temps s'écouler. Sept heures quarante-cinq. Dans trois quarts d'heure environ, le soleil se lèverait sur Paris. La tranche nocturne qui lui était allouée, et qui d'ailleurs l'avantageait sensiblement en cette période hivernale, prendrait fin. Sa personnalité aurait à s'effacer devant celle de Phalène. S'il n'y mettait bon ordre, son alter ego – il le sentait déjà monter en lui – allait se réveiller dans ce dédale souterrain, prolongeant son cauchemar d'une réalité bien tangible. Il importait d'éviter cela, de même qu'il convenait de faire l'impasse sur une rencontre impromptue immanquablement génératrice d'explications embarrassées.

Nox déposa le bagage, se défit de sa cape et s'assit en s'adossant contre une colonne naturelle. Il sortit un carnet et un crayon de sa poche intérieure et entreprit de dresser une carte sommaire du parcours accompli. À l'estime, il calcula la profondeur atteinte entre six cents et huit cents mètres. Exception faite de lui-même et de la « puissance invitante », un autre homme s'était-il déjà aventuré en de tels précipices ? Qui sait ? Son éventuel suiveur... Il ouvrit le sac et en soutira une bouteille d'eau minérale entamée et une trousse dont il préleva un tube de Noctalydon. Il prit trois cachets et les avala. Le somnifère ferait son effet dans les dix minutes. Il se coucha sur le sol dur et se couvrit de sa cape. Qui allait-il rencontrer au terme de ce jeu de piste ? Le Maître de Souffrance ? Le duc de Mortifer ? Peut-être les deux, réunis en une seule personne... Et pourquoi pas lui-même, lui-même si clairement désigné par une déferlante de présomptions dont la moindre n'était pas qu'il se savait un escrimeur redoutable ! Cette pensée empoisonnée avait fait son chemin depuis le récit du comte de Notre-Dame... Pauvre Phalène, inconscient de l'incroyable pouvoir qu'il détenait d'incarner certaines nuits le génie du bien... Qui aurait pu affirmer qu'il n'était pas tout aussi capable de susciter inopinément certaines autres nuits, certains autres jours, le génie du mal ? À supposer qu'il existât, ce trio infernal allait-il illustrer un symptôme encore inédit en psychiatrie, à savoir le détriplement de la personnalité ?

Les paupières du voyageur se firent lourdes ; le soporifique agissait. La lampe éteinte, il renoua avec l'entêtante impression que quelqu'un l'épiait dans le noir. C'est avec cette idée qu'il sombra dans le sommeil.

LE MAÎTRE DE SOUFFRANCE

Le voyageur pressentit qu'il touchait au but de sa mission en pénétrant sous l'arc en plein cintre d'une galerie au sol dallé. N'était le surgissement d'un ordre architectural cohérent au milieu d'un pareil chaos, l'indice le plus flagrant de cette proximité se serait signalé par le double alignement de flambeaux embrasés, suspendus à hauteur d'homme entre les pierres jointoyées de la muraille.

Réveillé de son sommeil artificiel trente-cinq minutes auparavant, au moment où la nuit, déjà, enveloppait Paris, Nox avait procédé à une toilette sommaire et changé son linge de corps. Il s'était ensuite introduit dans la cavité décelée le matin même, et, par-delà l'embouchure, avait marché et marché encore jusqu'à l'étape présente.

Le vantail de bois vermoulu qui concluait l'allée couverte capitula sous les effets répétés d'une traction vigoureuse. L'obstacle franchi, Nox accéda à un surplomb exigu culminant au-dessus d'un à-pic d'une trentaine de mètres. Relevant la tête, il nota que l'avancée se situait à mi-hauteur d'une falaise. Considéré de ce promontoire, le paysage était de ceux qui coupent le souffle ; un mirage surréaliste vaguement teinté de romantisme comme on en rencontre au détour d'un rêve ou d'un cauchemar. C'était une voûte immense, hyperbole assez gigantesque pour tenir lieu de ciel, un ciel enténébré de toute éternité. En contrebas, une plage de graviers semée de brisants bordait les eaux noires et dormantes d'un lac ou d'un fleuve dont l'autre rive échappait à la vue. La langue de terre se garnissait d'un quinconce de lampadaires surélevés réverbérant au centuple l'ambre jaunâtre d'une ampoule par la judicieuse adjonction de miroirs scialytiques. L'écheveau des câbles d'alimentation électrique sortait d'une casemate rouillée d'où parvenaient les pulsations lancinantes d'un diesel. Non loin, se dressait un campement de toile, sorte de tente touareg mâtinée de yourte mongole. À l'aide d'une paire de jumelles, Nox distingua à la lisière de l'eau stagnante une silhouette humaine qui lui présentait son dos. Le personnage avait un pied planté dans le gravier, l'autre en surélévation sur le méplat d'un rocher. Une posture de sentinelle méditative. L'observateur reposa ses jumelles en sautoir puis emprunta, bagage en main, l'étroite corniche qui épousait les reliefs du précipice. Il descendit ensuite l'escalier de blocs taillés, amassés sur un talus de gravats, et foula bientôt le sol de la plage. Marchant hardiment sur le tapis crissant, il ne tenta à aucun moment de dissimuler sa venue. L'autre présentait toujours son dos ; carrure exceptionnelle en harmonie avec une véritable stature de colosse... Un mètre quatre-vingt-dix, au bas mot. La tête, massive, s'ornait d'une houle de cheveux grisonnants noyant sur la nuque le ruban défraîchi d'un catogan. Les épaules s'enveloppaient d'un tour d'écharpe en tartan brunâtre dont le double pan retombait sur le cuir labouré d'un pourpoint. À portée de la main droite, un coutelas de chasse à manche de corne pendait d'un large ceinturon ; un gros fourreau cylindrique l'équilibrait sur la cuisse gauche. Les jambes, longues et fortes, étaient intégralement prises dans une paire de bottes lépreuses qui s'avachissaient de rides en soufflets.

Lorsque Nox fut à quelques mètres, l'homme se retourna avec une lenteur calculée. Ce qui frappait d'emblée était cette altière figure de bronze où se lisaient la force de caractère et l'énergique sérénité. Sous la broussaille des sourcils brillait un regard gris de plomb surmontant une structure de nez en bec de rapace. La bouche disparaissait sous une moustache de reître et une barbe en bataille qui fleurissaient en concordance avec la luxuriance de la chevelure. Nox attribua à son hôte une robuste soixantaine. S'il avait été Phalène, il aurait pu reconnaître à ce moment le géant agacé qui l'avait bousculé huit jours auparavant sur le seuil du cabinet de psychanalyse.

Était-ce là le Maître de Souffrance, le duc de Mortifer... l'impitoyable assassin ? Hypothèse éminemment vraisemblable, car, dernier détail du descriptif, et non le moins alarmant, le personnage braquait à hauteur de poitrine sur le nouveau venu la triple lame d'acier d'une arbalète cambrée au maximum de sa tension (l'étui cylindrique s'avérait donc bien un carquois). Nox s'arrêta net. Tapie derrière le créneau d'éjection, la flèche attendait de prendre son essor dévastateur.

La voix s'éleva dans le silence. Une voix de rocaille que tempérait une élocution aux limites du maniérisme. Le colosse était tout sauf la brute qu'aurait pu annoncer son impressionnant gabarit.

– Bienvenue dans mon pandémonium, inspecteur, déclama-t-il théâtralement. Je guettais votre arrivée avec une certaine impatience...

– Impatience amplement partagée, ricocha le visiteur sur un ton d'égale cordialité.

– Pardonnez-moi de vous accueillir avec ceci, continua l'hôte en levant insensiblement son arme, mais vous admettrez que lorsque l'on attend son bourreau, un minimum de précautions s'impose...

– Bourreau... protesta ironiquement le détective. Vous péchez par antiphrase ! Lequel de nous menace l'autre en ce moment ? Quant à moi, je puis vous mettre parfaitement à l'aise ; voyez : je ne suis pas armé.

L'aveu était téméraire, mais Nox sentit qu'il pouvait aventurer cette pièce. Il écarta ostensiblement les rebords de sa cape.

– Désirez-vous me fouiller... Examiner le contenu de mon sac ?

La barbe s'éclaira d'un sourire ivoirin.

– C'est déjà fait, vous pensez... Pendant que vous dormiez, là-haut, dans la caverne !

– Ah ! s'épanouit le capitaine qui, définitivement lavé de l'imputation, se crut autorisé à avancer.

– N'approchez pas ! intima le géant dans un sursaut de défiance. Je vous sais homme de ressource. Intelligent, rusé, diabolique... N'êtes-vous pas l'inspecteur Phalène ?

L'incriminé haussa le sourcil. L'insinuation laissait clairement entendre que dans l'esprit de l'interlocuteur l'équation Phalène = assassin relevait du fait patent.

– Je ne crois pas avoir à en rougir, se défendit le pseudo-policier, requérant en lieu et place de son alter ego. Mais pourquoi diable me prêter de telles intentions ? Vous cherchez un prétexte pour m'abattre, la conscience apaisée ?

– Pour quelle raison seriez-vous ici, sinon pour me tuer ?

– La curiosité, figurez-vous. Je souhaitais moi aussi rencontrer un assassin... qui s'intitule lui-même Maître de Souffrance. N'ai-je pas répondu à son invitation expresse ?

Nox, à la vérité, ne se sentait désormais que très modérément convaincu de la culpabilité de son hôte. Il importait donc de dissiper au plus vite un malentendu qui n'avait que trop duré, malentendu au demeurant porteur d'un péril immédiat.

– À propos, reprit-il, mes compliments pour l'ingéniosité du message. Je parle non seulement du contenu – un exercice cérébral des plus jubilatoires –, mais aussi du procédé de transmission.

Le colosse balança sa crinière d'un air modeste. Sans baisser sa garde d'un pouce, il se laissa aller aux confidences.

– Bah ! Le mérite ne m'en revient pas entièrement. Savourez comme le hasard fait bien les choses : le docteur Segment est une lointaine petite cousine par alliance. Lorsque je séjourne en surface, elle a la gentillesse de m'héberger. C'est au cours d'une de nos conversations à la veillée que j'appris incidemment qu'elle aurait à vous traiter. Oh ! Frédérique n'est pas femme à trahir le secret professionnel ; mais vous êtes un policier célèbre, et votre clientèle était pour elle une manière de promotion. Je n'eus, dès lors, pas grand mal à lui extorquer l'heure de votre rendez-vous. L'occasion était trop belle, convenez-en, de vous lancer une invitation par médium interposé !

Un ange souterrain passa, dans le sillage duquel Nox s'invita à développer son propre point de vue.

– Votre regard parle de lui-même : c'est celui d'un magnétiseur. Vous l'avez hypnotisée juste avant ma venue... afin qu'elle m'hypnotise à son tour pour imprégner mon cerveau de ce rêve récurrent !

– Frédérique est un sujet d'exception, abonda le colosse. Une nature hypersensible, suffisamment passive pour être réceptive à l'hypnose, mais aussi suffisamment active à l'état somnambulique pour influencer le subconscient d'une tierce personne...

— ... En somme, une démarche splendidement accomplie d'hypnose à double détente !

— On ne saurait mieux dire. Pour ce qui est du message proprement dit, vous aurez remarqué que je me suis attaché à le rendre aussi hermétique que possible... On n'attrape pas les mouches avec du vinaigre ! Mettez-vous à ma place : l'obligation m'étant faite d'avoir à éliminer un brillant policier dans l'exercice de ses fonctions, il était évidemment préférable pour ma sécurité que l'opération se déroulât ici plutôt que là-haut ! En cas d'arrestation, les apparences eussent été contre moi, et j'aurais eu beau plaider la légitime défense ou l'instinct de conservation...

Nox piétinait le gravier d'une semelle impatiente.

— Cessons ce jeu absurde, voulez-vous ? Et puisque nous parlons d'instinct de conservation, je vous demanderai de bien vouloir baisser votre arme. Un accident est si vite arrivé...

— Par exemple ! ironisa l'arbalétrier. Notre impitoyable exterminateur aurait-il peur de la mort ?

Le détective eut un haussement d'épaules. Il laissa tomber, désinvolte :

— Soyons sérieux. Ce n'est pas tant pour ma vie que je crains...

— ... Pour la mienne, alors ? Sublime abnégation ! railla le colosse, se méprenant sur le sens de la repartie. Laissez-moi vous rassurer : ceci est une arme de jet. Il n'y aura pas de détonation, ni, par contrecoup, d'échos en chaîne suivis d'éboulements.

— Je ne songeais pas à cela, réfuta encore le capitaine. Toutefois, avant d'aborder ce point précis, puis-je vous demander quelque chose ?

— Je vous en prie.

— Avez-vous déjà éprouvé la sensation qu'une présence rôde dans le souterrain... Une présence qui vous observe, épie chacun de vos gestes ?

— Cher ami, c'est bien à vous de poser pareille question ! exulta le Maître de Souffrance. N'êtes-vous pas la personne la mieux qualifiée pour savoir qu'une telle présence existe ?

— Votre raisonnement ne tient pas, riposta le visiteur. Si j'étais un familier des lieux, pourquoi aurais-je pris la peine de m'en tenir aux données de votre parcours ?

— Franchement, je l'ignore, reconnut le géant. Ne me demandez pas, au surplus, d'expliquer le comportement contradictoire d'un esprit tortueux... Je ne suis pas psychanalyste !

— Donc, vous l'avez bien ressentie, souligna calmement le détective. Dites-moi... (Il désigna l'arbalète.) Ce redoutable engin... avez-vous souvent l'occasion de l'utiliser ?

— Souvent, non. Ce n'est qu'une arme défensive. Je ne suis pas chasseur, mais la faune troglodyte se montre parfois hostile...

— En la chargeant, tout à l'heure, avez-vous pensé à en vérifier le bon fonctionnement ?

— Non. Je l'ai fait comme ça, machinalement.

Où voulez-vous en venir ? Si jamais c'est une ruse pour...

Le capitaine passa outre ce nouvel accès de méfiance.

— Je vous fais une proposition : posez l'arme sur ce rocher, délicatement, et évitez surtout – vous m'entendez bien, surtout – de vous placer derrière. À ce moment seulement, pressez la détente. Quant à moi, je vais m'éloigner vers la falaise. Si l'opération se déroule sans anicroches, cela vous laissera toujours le temps de recharger...

Le colosse dut juger honnêtes les termes de la proposition, car il s'y conforma scrupuleusement. Nox allait atteindre le bas de l'escalier quand il s'entendit signifier son retour.

— Vous aviez raison, confirma l'arbalétrier, la sueur au front. J'avais à peine effleuré la détente que le carreau s'éjectait... par l'arrière ! Lorsque le ressort se relâcha, le cordon cassa net, et ce fut l'arc qui joua le rôle de propulseur !

— Système d'éjection inversé... commenta Nox. Un astucieux bricolage qui n'a rien pour surprendre quand on connaît l'habileté manœuvrière de l'assassin.

— Si j'avais tiré sur vous, j'aurais eu le cœur transpercé par l'empennage ! Je n'ose imaginer quelle horrible plaie... quelle abominable souffrance...

Il y eut un silence épais que chacun mit à profit pour tenter de démêler les tenants et les aboutissants de cet acte heureusement manqué.

Nox se dévoua pour le rompre et esquisser une amorce d'explication.

– Posons comme principe que l'assassin évolue ici en pays de connaissance. À la réflexion, insinua-t-il en se retournant pour embrasser le panorama, je ne jurerais pas qu'il en soit absent à cet instant même... Il a sans doute profité d'un de vos déplacements à l'extérieur pour s'introduire dans votre campement et saboter l'arme...

Cette théorie dut paraître à ce point crédible au rescapé qu'elle entraîna chez lui, contre toute attente, un regain de méfiance.

– Vous m'avez sauvé la vie, c'est un fait, mais si vous n'êtes pas l'assassin, comment avez-vous pu savoir ?

Nox n'était pas loin de partager cet accès de suspicion à son propre égard, mais il tenait une échappatoire toute prête à l'usage de son accusateur.

– Oh ! Quant à cela, j'admets que l'intuition a joué davantage que l'intelligence... Voyez-vous, à la lueur des événements récents et des conclusions que j'en ai tirées, il était mathématiquement impossible et psychologiquement inconcevable que le meurtrier planifiât ma mort avant la vôtre. Son but, pour le moment, n'est pas de me tuer, mais de me compromettre aux yeux de tous (... y compris aux miens, faillit-il ajouter), ce qu'il a magistralement réussi en ce qui vous concerne. Notre *diabolus ex machina* a cependant commis une erreur fatale : il a misé sur le fait que la crainte que je vous inspirais serait telle que vous me tireriez à vue comme un rat sans m'accorder la faveur d'une conversation. Si votre attitude n'avait été celle d'un civilisé, le succès de ce plan machiavélique aurait eu pour double résultat : *a)* de vous transformer en cadavre, *b)* de me plonger dans un nouvel abîme de perplexité.

Nox s'octroya une pleine bouffée d'oxygène avant de poursuivre.

— Bon ! À présent que nous possédons la preuve de cette manipulation, il n'est que temps d'en cerner les mobiles. Auparavant, toutefois, j'aimerais savoir ce qui a bien pu vous mettre dans le crâne que j'en étais la cheville ouvrière.

— La réponse tient en trois mots : Sogitherme Martyrolupe Waïté...

— ... Autrement dit, Glastonbury Chan. Vous avez rencontré notre expert en généalogie.

— En effet. Il est descendu ici par deux fois à la fin du mois dernier.

— ... Et c'est à l'occasion d'une de ces visites qu'il vous a fait part de ses soupçons.

— Non, non. Ces deux visites furent d'ordre purement professionnel. Ce qui ne nous empêcha d'ailleurs pas de sympathiser...

— Mais alors, quand ?

— Plus tard, au téléphone, lors d'un de mes derniers passages chez Frédérique. Je lui avais donné à tout hasard le numéro de ma cousine. À ce moment-là, croyez-moi, il ne se faisait aucune illusion sur le sort que vous lui réserviez !

— Glissons… Pendant la communication, n'aurait-il pas fait allusion à un… chauffagiste ?

— Précisément… Il attendait la venue de cet homme, lequel, à l'en croire, aurait été rien moins que son exécuteur. J'ai d'abord cru qu'il affabulait, et puis, à la lecture des journaux, le surlendemain… Il me parla ensuite de son commanditaire. J'entends encore son débit haché, précipité… jusqu'à ce qu'il raccroche brusquement. Il me raconta qu'au début, il l'avait pris pour un de ces monarchistes fervents, désorientés par l'incroyable prolifération des prétendants à la couronne, soucieux de faire allégeance à un incontestable suzerain… Mais qu'il venait tout juste de deviner l'objectif réel de ce dernier : procéder à l'élimination systématique de tous les héritiers présomptifs. Cette découverte le terrifiait d'autant plus qu'il avait déjà livré les quatre noms fatidiques à celui qu'il savait être désormais un tigre assoiffé de sang bleu !

— Et ce tigre, naturellement…

— … C'était vous ! Il prétendait vous avoir démasqué par recoupements, en dépit de votre art consommé du déguisement. D'après lui, en dehors de vos activités reconnues de policier irréprochable, vous en exerciez d'autres, beaucoup moins avouables, sous une identité d'emprunt.

— Mortifer…

— C'est cela. Mortifer.

Nox s'accorda un temps de méditation, puis résolut de délivrer les dernières nouvelles de la surface.

— Le prince Rhomkorff est mort hier matin, le cœur percé d'un coup d'épée, et, l'après-midi, le comte de Notre-Dame n'a échappé au même sort que par miracle.

— Mon tour était donc arrivé, inféra le géant avec philosophie.

— Je ne sais toujours pas qui vous êtes...

— ... Le troisième de la liste. Mais que je réponde déjà à la question qui vous brûle les lèvres : Martyrolupe, hélas, ne m'a pas révélé le quatrième nom.

— Qui êtes-vous ? insista le détective.

— Je suis Alexandre VII de Bourbon, descendant direct par ordre de primogéniture de Henri IV de Navarre, et, par extension, pour peu que la chose m'intéressât, légataire universel du ci-devant trône de France !

— ... Hum ! Excusez-moi, objecta Nox, troublé, mais votre nom n'apparaît dans aucune généalogie...

— Dans aucune généalogie connue ! s'empressa de rectifier celui qui affectait de dédaigner honneurs et titres. Cet impénitent fureteur de Martyrolupe n'en eut que plus de mérite à dénicher ma retraite et à m'en débusquer !

— Ne disposant pas de ses lumières, j'avoue mal vous situer sur la grille dynastique...

— C'est pourquoi un retour en arrière de quelques siècles ne me semble pas superflu. Reportons-nous donc, si vous le voulez bien, au 12 août 1621, date à laquelle la reine Anne d'Autriche donna le jour à un héritier mâle prénommé Alexandre. Ce fils était le fruit de son union avec le roi Louis XIII ; partant, automatiquement désigné pour lui succéder... Seulement, voilà : il ne régna pas.

— Ne me dites pas qu'il mourut prématurément...

— Il connut un destin pire que la mort : celui de la non-vie. Alexandre fut en effet écarté non seulement de la cour, mais de la société des hommes, cela, dès le berceau. Personnage hors du commun, il approuva lui-même la terrible sentence de cet exil forcé, quoi qu'il lui en coûtât, une fois venu l'âge de raison.

— Je ne vois que... la maladie ?

— La plus cruelle, oui. De celles qui n'affectent ni les organes, ni l'entendement, mais l'enveloppe charnelle... l'apparence physique. Neurofibromatose ! Tel est le nom scientifique de cette hideuse pathologie. Une spectaculaire hypertrophie des polypes faciaux, autrement dit le cas rarissime popularisé bien plus tard, au XIXe siècle, par John Merrick, l'homme-éléphant !

— Je comprends : il ne fallait pas que... qu'un monstre coiffât la couronne !

— Je vous laisse imaginer le chagrin du roi et les supplications de son épouse pour garder l'enfant... Enfin, Louis XIII consentit, à condition que l'on n'en entendît plus jamais parler. Anne d'Autriche se conforma à cet arrêt, et, forte de l'agrément du Prince, suscita aussitôt la construction de l'église du Val-de-Grâce, faisant aménager en grand secret sous la crypte un complexe souterrain qui servit de refuge à son fils, naufragé de l'adversité. Nous en arrivons à 1638, année à laquelle elle mit au monde ce que l'on pourrait appeler un dauphin de la dernière chance...

– Le futur Louis XIV...

– ... Lequel régna soixante-douze années durant, le plus illégitimement du monde ! Car ce n'est pas de monstruosité que fut entachée sa naissance, mais d'adultère... De fait, quoique indiscutablement rejeton de la reine Anne, celui-ci n'était pas, tant s'en faut, de royale extraction...

– ... Mmmoui... Mazarin... Je connais cette thèse mettant en cause une paternité supposée de l'Italien. Elle est contestée, voire réfutée, par nombre d'historiens.

– Elle ne reflète cependant que la stricte réalité !

– Dommage que vous n'en ayez aucune preuve...

– Détrompez-vous, mon ami ! Ces preuves, je suis en mesure de les produire à volonté devant le tribunal de l'Histoire ! Mais tout ceci, aujourd'hui, n'a plus la moindre importance. Le passé est mort ; laissons-le reposer. Maintenant, pour en revenir à Alexandre...

– Oui. Alexandre...

– Eh bien, devenu adulte, il épousa clandestinement une princesse du sang, femme d'une haute élévation d'esprit, qui eut la grandeur d'âme de passer sur sa difformité pour ne s'attacher qu'à ses qualités de cœur. Ils eurent un fils, un autre Alexandre, garçon superbe sur le plan moral et physique, car la neurofibromatose, Dieu merci, n'est pas génétiquement transmissible. Ce qui le fut, en revanche, concerna la douloureuse réserve qu'il dut observer, ainsi que sa descendance, par rapport à la cour. Alexandre II se maria à son tour... De sorte que se perpétua par le jeu d'alliances princières opportunément reconduites une lignée parallèle d'authentiques Bourbon-Navarre, lignée qui assista dans l'ombre aux avatars de la monarchie jusqu'à son déclin ; une chaîne ininterrompue d'Alexandre dont je demeure à ce jour l'unique représentant.

– Ce serait donc à ce titre que vous revendiqueriez...

Le dernier des réprouvés, à ces mots, se redressa de toute sa hauteur dans une attitude de majesté outragée.

– Mais je ne revendique rien, mon ami... Rien sur cette Terre ! Je possède ici-bas plus qu'aucun homme peut raisonnablement espérer. Regardez autour de vous, ce domaine, ce royaume, cet empire souterrain qui va des contreforts du Caucase aux cavernes de l'Atlantique ! Regardez ce fleuve paisible, le Subflumen, qui prend sa source dans le Sinkiang pour aller se jeter dans la mer d'Irlande ! Les hasards de la destinée ont fait de moi le maître solitaire d'un territoire dont l'importance est telle qu'elle ne s'exprime pas en surface, mais en volume ! Quelle mesquinerie serait la mienne si je guignais de surcroît quelconque État supplémentaire de la surface livré à l'anarchie, au saccage et à la pollution par la folie de ceux que j'ose à peine appeler mes semblables ! Non, mon ami, je ne revendique rien, et surtout pas le douteux privilège de me faire trucider par l'un des vôtres !

La chute de cette tirade inspirée ramenait le lyrisme du propos à la trivialité du quotidien. Nox claqua dans ses doigts et, étouffant un rire qui promettait d'être homérique, s'exclama :

– Le Maître de Souffrance... Mais non ! C'était Maître de Sous-France qu'il fallait entendre ! Quand je pense que certains s'ingénient à célébrer ma clairvoyance !

Le détective venait de traduire l'ultime donnée du cauchemar. Comblé, il revint à ses moutons.

– Si vous ne revendiquez rien, et surtout pas les prérogatives attachées à la succession, quel intérêt pourrait bien avoir le criminel à vous supprimer ?

Alexandre considéra longuement son invité, puis répondit à sa question par une autre question.

– Une nouvelle promenade ne vous effraie pas ?

– Non.

– Parfait. Laissez-moi le temps de réunir quelques affaires, et je vous montrerai une chose susceptible de constituer le meilleur des motifs.

LE SECRET DES ROIS

L'équipement d'Alexandre se réduisait au strict minimum : havresac, lampe Stephenson, canne à bout ferré. Définitivement affranchi de toute velléité défensive sinon agressive, le géant ouvrait la marche avec la sereine autorité d'un guide montagnard. Cette attitude empreinte de confiance, curieusement, paraissait chiffonner le capitaine Nox. Quiconque instruit de son geste salvateur n'eût pourtant pas hésité une seule seconde à lui accorder le Bon Dieu sans confession, mais il restait encore quelqu'un à convaincre de sa totale innocence, et ce quelqu'un n'était autre que lui-même...

L'effort physique éloigne le tourment. Le détective renouait, pour l'heure, à la remorque de son débiteur, avec la succession de décors chaotiques qui avaient parsemé son parcours initial. Sensible dorénavant aux altérations de terrain conditionnant les différences de niveaux, il nota que le chemin épousait cette fois une pente ascendante quasiment continue.

Alexandre s'arrêta pour souffler. Il se retourna et, traduisant une pensée qui, de toute évidence, n'avait fait que croître et embellir au fur et à mesure de leur pérégrination, marmonna dans sa barbe :

— Trop de personnes connaissent l'existence de ce domaine souterrain. Martyrolupe, que j'ai moi-même conduit ici, ne parlera plus. Ne subsistent que vous, moi... et accessoirement l'autre...

Nox saisit à mots couverts la sollicitation de son hôte. Il s'employa à apaiser ses craintes.

— Je ne dévoilerai rien de ce voyage, assura-t-il. Vous en avez ma parole. Il ajouta, désabusé : je ne saurais, bien entendu, me lier d'une semblable promesse au nom du quatrième...

Sous la broussaille des sourcils, les yeux du seigneur des abîmes étincelèrent à la lueur du fanal. La voix rocailleuse se colora d'accents grandiloquents pour pousser sa requête.

— Jurons, mon ami, que le premier de nous qui rencontrera ici ou là-haut cette créature de l'enfer tentera l'impossible pour la neutraliser !

— Vous pouvez compter sur moi, quel que soit cet inconnu, souscrivit le détective, conscient de la portée de cet engagement si, par ironie du sort, ledit inconnu s'avérait ne devoir faire qu'un avec lui.

La marche avait repris, nourrie d'obstacles et de passages, en creux, en bosses, en fissures, en escarpements. Le but de l'excursion les attendait quatre heures plus tard, lorsqu'ils accédèrent à la frange d'un plateau en mesa dont les plissements dentelés fuyaient à perte de vue. À cet endroit, la pente ascendante s'accusait avec d'autant plus de netteté, qu'au-dessus de leurs têtes le plafond rasant amorçait une déclivité inverse. La hauteur autorisait encore la station debout, mais au-delà des derniers cent mètres, ils se virent contraints de monnayer leur percée en se courbant à mesure.

– Nous arrivons, annonça le guide.

Nox l'aurait parié. Déjà se dessinait dans les feux croisés des lampes un horizon de rupture entre sol et plafond. Alexandre s'immobilisa. Il posa sa lanterne sur une table granitique en saillie, mit havresac à terre et décida :

– Le moment est venu de nous restaurer.

Ouvrant sa cantine, il en sortit une gourde d'eau minérale et quatre solides rations de pain de guerre. Les compagnons de bivouac s'installèrent au mieux et se mirent à bavarder en mangeant. Le plus prolixe fut évidemment le maître de céans, qui, entre deux bouchées, semblait prendre un malin plaisir à reculer l'instant des révélations.

– Sept générations d'Alexandre ont repoussé arpent après arpent les limites de cet immense territoire, exposa-t-il, mais les trois dernières se sont spécialement attachées à explorer ces parages. C'est mon aïeul, le cinquième du nom, qui fut le grand initiateur du chantier de fouilles systématiques entreprises dans cette zone, cela, dès la fin du siècle dernier. Mon père a continué la tâche. Il a, si l'on peut dire, « exploité le gisement ». Je n'ai fait, moi, qu'en être le gardien vigilant. Vous comprendrez tout à l'heure pourquoi ces lieux présentent pour nous un caractère sacré...

Le repas achevé, Nox se laissa entraîner sans se faire prier vers la ligne de fracture. Ils commencèrent par se plier en deux, puis achevèrent le parcours en rampant côte à côte.

– ... C'est ici, murmura Alexandre en montrant une brèche en fente de tirelire.

– Vous ne venez pas... déduisit plus qu'interrogea le détective.

L'autre le regarda et acquiesça d'un clignement de paupières.

– Je vous répondrai textuellement ce que j'ai répondu à Martyrolupe en d'identiques circonstances : *a)* le cubage d'air serait insuffisant pour satisfaire nos deux systèmes respiratoires, *b)* mon gabarit me prédispose assez mal à la fréquentation d'un espace aussi réduit, *c)* j'ai largement passé l'âge de m'adonner à ce genre d'exercice. Allez, mon ami, je vous attendrai sans éprouver la moindre frustration. J'ai déjà vu des centaines de fois ce qu'il y avait à voir de l'autre côté...

Alexandre n'avait pas menti au sujet de l'étroitesse du conduit. Celui-ci autorisait à peine le passage d'un homme à plat ventre. Progressant lentement, précautionneusement, tête levée, mais pas trop, les épaules frôlant la paroi arrondie, jeu de hanches limité à un prudent balancier, le détective avait l'impression d'évoluer entre les anneaux d'un énorme reptile pétrifié. Il avança ainsi pendant vingt interminables minutes, mesurant ses contorsions, économisant sa respiration, avant d'atteindre le col de pierre dure, plus resserré encore, du boyau. Ses mains terreuses agrippèrent la tranche d'un rebord circulaire et touchèrent après une ultime extension le plan vertical d'une maçonnerie. Sa tête, son torse, ses cuisses se libérèrent. Il se laissa glisser, corps adhérent à la cloison, et se reçut en douceur sur une surface de ciment. Il se releva, augmenta l'intensité de sa torche, puis s'intéressa à son nouvel environnement. La cave était de forme carrée. Nox en évalua les côtés à une douzaine de mètres pour une hauteur approximative de trois mètres cinquante. Dès le premier regard, ses yeux s'écarquillèrent d'émerveillement. Il se remémora en un éclair ses lectures d'enfance et les descriptions foisonnantes des cavernes aux trésors. Une accumulation de souvenirs dormaient là, prestigieuses reliques d'un monde disparu, les vestiges de huit cents ans d'Histoire : le légendaire trésor des Capétiens !

Accrochée à la diable contre le mur opposé, une ample cape d'hermine séparait un compartimentage égal d'étagères sous vitrines exposant les divers attributs des cérémonies d'intronisation. Pompeux assortiment de couronnes enchâssées, de colliers sertis de pierreries, de bagues d'apparat, cosmogonie fastueuse de globes chryséléphantins frappés des insignes de Saint Louis, collection de sceptres de toutes tailles emmanchés de la main de justice ou de symboles cruciformes attestant le droit divin. Les murs latéraux disparaissaient sous un triple niveau de coffres en ébène massif. (Nox en recensa près de quarante.) Un treillis de ferrures rivetées, oxydées par le temps, en consolidait les moulures, mais les anneaux de jointure n'étaient pas plus enchaînés que les fermoirs n'étaient cadenassés. À quoi bon se donner la peine d'entraver ce qui, par définition, était inatteignable ?

Nox fit jouer les crochets du premier coffre à sa portée et il en souleva le couvercle. Il découvrit, ce faisant, un fabuleux enchevêtrement de sautoirs et de pendentifs, de diadèmes et de broches, de camées et de bracelets, autant de bijoux que leur valeur intrinsèque et l'intérêt historique plaçaient au-delà de toute évaluation. Les caisses suivantes révélèrent par brassées un formidable stock de disquets trébuchants ; écus, doublons, sequins, ducats, jaunets, pistoles, exubérante moisson de monnaies d'or et d'argent, objets de la frappe hasardeuse de l'artisanat médiéval ou de la ciselure plus experte des maîtres-graveurs de la Renaissance ou du Grand Siècle. L'appel du métal précieux était irrésistible, et le détective, d'ailleurs, n'y résista pas. Il s'agenouilla devant un de ces baquets d'onde profuse, et, ramenant les pièces par poignées, les laissa filer entre ses doigts avides, comme un enfant le fait avec le sable d'une plage, s'évertuant à retenir l'insaisissable.

Un autre coffre, suspendu entre les rangées supérieure et inférieure du mur opposé, s'ouvrit sur une irradiation de lumières diaprées. L'éclat de la lampe répercuta comme une gifle au visage du profanateur l'aveuglante réfraction des diamants, des émeraudes, des saphirs, des escarboucles... Mais les deux gemmes qui luisaient le plus n'appartenaient pas à ce lot magistral de prismes féeriques dont l'équivalence en espèces sonnantes eût suffi à acheter la Terre et quelques planètes... C'étaient les yeux éblouis du capitaine, auquel il avait été donné en d'autres temps, en d'autres lieux, de contempler semblables merveilles, mais jamais autant... Jamais en une seule fois... Il comprenait à présent, ce qu'avait voulu dire son hôte en parlant de mobile caché. Quel cerveau criminel averti de l'existence de pareilles richesses aurait pu bannir la tentation d'en devenir acquéreur ? Car, averti, le meurtrier l'était. Il connaissait les lieux ; les fréquentait, assidûment sans doute... (Nox frissonna). Qui sait ? Peut-être les foulait-il en ce moment même par son propre intermédiaire... Maigre consolation, toutefois : quel qu'eût été l'inconnu, il n'était qu'un homme, incapable, par conséquent, en raison de l'extrême exiguïté du conduit, de s'approprier ce fabuleux pactole autrement qu'au compte-gouttes. Des allers et retours innombrables et pénibles pour dérober à chaque fois ce qu'il fallait bien appeler une misère... Irritante frustration ! Avait-il renoncé à son projet ? L'ordre qui régnait ici paraissait en faire foi. Était-ce alors à titre de représailles qu'il avait entrepris d'éliminer ceux qu'il présumait être les légitimes propriétaires ?

Nox s'accorda une dernière tournée d'inspection. S'attardant sur les parures, il nota que la volumineuse hermine rejetait son drapé sur la gauche comme une vulgaire tenture. Pourquoi ne pas l'avoir répandue au sol en un évasement symétrique, infiniment plus harmonieux à l'œil ? Il s'avançait pour réparer cette faute de goût, lorsque naquit en lui la double intuition qu'il devait écarter la fourrure... et qu'il ne serait pas le premier à le faire. Il s'exécuta, et c'est ainsi qu'il dégagea un second orifice taillé dans la maçonnerie. L'orbite évidée formait le pendant exact de celle qui la regardait depuis le mur d'en face. Ce nouveau goulet d'étranglement desservait-il une autre issue, ou bien, Nox n'osait l'espérer, conduisait-il à une nouvelle chambre ? L'explorateur s'enfourna dans le boyau sans l'ombre d'une hésitation. Au terme d'un parcours à peine moins long que le précédent, il déboucha dans une deuxième cave, pièce rapportée à l'identique de celle qu'il venait de quitter ; mais si trésor il y avait, il procédait ici davantage du domaine spirituel que matériel. En effet, malgré la foisonnante accumulation d'attributs royaux – on y voyait des oriflammes, des armures damasquinées, des heaumes empanachés, des panoplies de tournois –, l'endroit ressemblait plutôt à une bibliothèque, à un de ces cabinets d'archives qui font le bonheur des héraldistes et des généalogistes. Nox se complut à imaginer l'extase de Martyrolupe à la découverte d'un tel sanctuaire... Car lui aussi avait écarté la cape, le détective l'aurait juré.

Le mur de gauche était consacré au Moyen Âge. Il se couvrait d'éventaires garnis de rouleaux de parchemins et se terminait par une compilation d'incunables, les premiers livres imprimés, interdits à la diffusion par la censure de Louis XI. Des centaines de volumes plus imposants, traitant des règnes ultérieurs jusqu'à la monarchie de Juillet incluse, s'échelonnaient à la verticale sur des rayonnages de bois épais le long des murs adjacents. Reposaient entre ces reliures solennelles les journaux confidentiels, les correspondances intimes, les annales secrètes de la cour, le tout répertorié dans un rigoureux classement chronologique ; l'Histoire plusieurs fois centenaire du royaume de France considérée depuis les cimes de l'État. Correspondait-elle, cette Histoire, à celle qui nous est familière, au moins dans ses grandes lignes ? Afin de le vérifier, Nox tira à lui quelques-uns de ces registres et se mit à voyager par l'étude en ces âges révolus. Au hasard de ses investigations, il glana des informations corroborant tel ou tel point douteux ou controversé, dénicha des preuves flagrantes démentant a contrario certains faits abusivement retenus par l'usage, emmagasina en un mot sur notre passé plus de connaissances qu'aucun de ses contemporains – exception faite de son hôte, de Martyrolupe... et de Mortifer, peut-être – n'en apprendrait jamais. C'est ainsi, notamment, que lui fut donné de contrôler le bien-fondé des prétentions du seigneur des abîmes à ceindre la couronne. Un document daté du 12 août 1621 attestait en effet la naissance d'un enfant frappé de difformité, prénommé Alexandre. Le papier portait les sceaux conjoints de Louis XIII et de Richelieu, et déclinait les paraphes des chirurgiens-accoucheurs attachés à la personne de la reine. Mais tout ceci n'était que hors-d'œuvre ; le détective se réservait en guise de dessert l'affaire qui lui tenait le plus à cœur. Ladite affaire se situait à une période bien précise de la fin du XVIe siècle, lors du tragique épilogue de la lignée des Valois. D'un index fébrile, Nox tournait les cartons intercalaires protégeant les manuscrits. Il eut un rictus de satisfaction en recevant par défaut la confirmation de son attente : une pièce essentielle, déterminante, manquait entre le certificat de mariage de Henri III avec Louise de Lorraine et le décret d'abdication de ce dernier souverain en faveur de Henri de Navarre. Curieusement, la disparition du document le réjouissait plutôt. N'étayait-elle pas de façon décisive la fantastique théorie qu'il avait échafaudée ? Le vide, en tout cas, proclamait le vol. Récent, probablement. Martyrolupe ? Ce n'était pas son genre... Mortifer, bien sûr ! L'inévitable Mortifer était passé par là !

Accomplissant pour la forme une dernière revue de détail avant de rebrousser chemin, il s'attarda sur les panoplies et les trophées. Son œil distrait survola la faune pittoresque d'aigles et de lions, de dragons et de griffons, peints sur les boucliers ternis par l'âge et la poussière. Dans un coin de la salle, il remarqua l'angle vif d'un écu partiellement masqué par la soie d'une bannière, accroché là comme en pénitence. Subitement intrigué, il pressentit que cette relégation n'était pas le produit du hasard. Il souleva le tissu et, à peine l'eut-il fait que l'émotion l'étreignit. Le bouclier se barrait transversalement d'une épée et d'une dague pendue par le fourreau. Sous la pellicule de poussière, le motif central, noir sur fond rouge, était malaisé à décrypter, mais à la lumière du contexte, un déchiffrement s'avérait-il vraiment nécessaire ? Les sens enfiévrés, il s'empara du pan de la bannière et en usa comme d'un chiffon. Détournant l'épée et la dague, il découvrit le dessin : un papillon noir, antennes dressées, ailes déployées. Un meuble inconnu en héraldique, avait avancé le fils de France, affectant d'ignorer la réalité du mythe : l'emblème fatidique des ducs de Mortifer. Il recula d'un pas et détailla la panoplie. Si les écus voisins présentaient leurs armes entrecroisées par paires, les crochets nus, disposés en oblique, n'appelaient-ils pas ici semblable complément ? Un autre couteau, une autre rapière manquaient à l'appel... Pour Nox, ce fut la révélation : l'idée s'imposa à son esprit que les deux lames en surnombre réclamaient qu'il s'en saisît et les emportât. De par son exiguïté, le boyau, certes, n'encourageait guère le pillage, mais du moins autorisait-il ce menu larcin. Obéissant à cette pulsion, il les décrocha de leur support avec une infinie précaution, et, comme s'il voulait préventivement abolir la sanction d'un illusoire sacrilège, les pressa contre sa poitrine. Fut-ce une relation de cause à effet ? Toujours est-il qu'à ce moment, le poids d'une fatigue insigne s'abattit en chape sur ses épaules. Épuisé par la marche forcée, rongé par des émotions en cascades – cette sensation oppressante d'être continuellement épié, jusque dans ce blockhaus –, traumatisé par un faisceau de témoignages qui, loin d'éteindre ses doutes, les attisait plutôt, harcelé enfin par le bourdon d'une effroyable migraine imputable au manque d'air, il sentit ses jambes se dérober sous lui. En outre, le sommeil de la veille n'avait été le résultat que d'un artifice médical, peu réparateur, par conséquent, en regard des efforts consentis la nuit précédente.

Bah ! Il pouvait bien s'accorder une petite trêve, distraire à l'aventure un repos mérité... Mais non ! Il ne fallait pas... surtout pas céder à la fatigue, succomber à la périlleuse tentation du sommeil... Le risque était trop grand ! Le diable savait *qui* surgirait à sa place s'il désertait le terrain... Un tel abandon équivalait peut-être, qui sait, à laisser le champ libre au monstre immanent tapi dans les profondeurs de son subconscient...

Le fardeau de cette hantise ne fit que l'accabler un peu plus et précipita sa défaillance. Il tomba à genoux, terrassé, s'allongea en croix sur le ventre et s'enfonça dans le sommeil, poing crispé sur les fourreaux unis ; sommeil agité, peuplé de rêves, de cauchemars, où le saugrenu le disputait à l'atroce.

Nox émergea des limbes deux heures plus tard. Son premier sentiment fut le remords ; celui d'éprouver un étrange bien-être – redevable sans doute à une de ces poches d'air providentielles qui, dans les atmosphères raréfiées, planent au ras du sol. Autre motif de satisfaction : une séquence de son rêve avait été profitable à l'éclaircissement d'un des nombreux mystères qui émaillaient cette affaire inextricable, celle qui l'avait amené à superposer mentalement l'emplacement des caves jumelles avec les deux carrés hachurés figurant sur le croquis trouvé sur feu Martyrolupe. Nox se frotta le menton. Le rapport était-il si évident, tout bien réfléchi ? Et, dans l'affirmative, que signifiaient les deux autres carrés laissés en blanc sur le dessin ? Deux autres chambres ? Vides ? Pourquoi ?

Tandis qu'il ramassait les fers, pointa en lui un nouveau sujet d'appréhension, lui aussi tout droit sorti du cauchemar. Ses doigts palpèrent quelque chose de poisseux entre la garde et l'étui de la dague. Orientant aussitôt le pinceau de la torche, il regarda, puis releva un visage brusquement inondé par la transpiration. Il dégaina le poignard et reçut la confirmation tant redoutée : la lame triangulaire était enduite de sang... Gagné par la panique, il plongea la tête la première dans le goulot, qu'il parcourut d'une reptation frénétique. Il retraversa la première salle comme une flèche et réintégra tout aussi vite le tunnel initial, qu'il franchit en un temps record pour dégorger enfin de la fente en tirelire. Le seigneur des abîmes n'était plus au rendez-vous. Chaviré d'angoisse, Nox explora la caverne au-delà de la faille rasante et rayonna sur une centaine de mètres autour du point où son hôte était censé l'attendre. À un endroit qui, à l'estime, correspondait à l'opposé topographique des deux chambres, il trébucha sur une torsade compacte de câbles ligaturés dont il suivit instinctivement les méandres.

« Probablement des filins électriques originellement destinés à l'éclairage des travaux d'excavation », songea-t-il.

Dans l'instant, l'urgence commandait les actes, et il se contenta de cette explication... d'autant que, prêtant l'oreille, il perçut, non loin, des gémissements. Guidé par ces plaintes, il fut bientôt sur les lieux du drame. Le colosse gisait à terre, à proximité des câbles, lesquels disparaissaient dans une arrière-gouttière. Il paraissait mortellement blessé. Nox se précipita. Il se pencha, lui prit la nuque pour le soulever délicatement. Sa main glissa le long du dos et rencontra le sang. On avait frappé lâchement, traîtreusement, par-derrière. Au comble du désespoir, le détective tourna la tête en tous sens comme pour quémander un secours, implorer la clémence divine ; mais à la lueur de la lampe, il n'accrochait dans ses saccades que les reliefs désolés. Il revint au visage, terrible, dont les yeux vitreux, démagnétisés, entrevoyaient déjà le tunnel glacé. Mue par un suprême réflexe, la main puissante de l'agonisant sauta au revers de sa veste. Le seigneur des abîmes ouvrit péniblement sa bouche ensanglantée aux commissures et, puisant dans ses dernières ressources d'énergie, proféra cet accablant anathème :

– ... Dieu... que j'ai été mal inspiré de... de vous faire confiance... (Un râle) ... Assassin... Inhumain... Sois damné... Mortifer...

Les doigts se rétractèrent. L'avant-bras retomba. Les trois syllabes du nom maudit s'étaient exhalées avec le dernier soupir.

Nox sentit affleurer à ses yeux les larmes de la détresse, de la rage impuissante. Fixant la lame accusatrice, il faillit hurler à l'univers souterrain que les apparences étaient contre lui. Mais était-il à ce moment totalement convaincu de son innocence ?

Le Maître de Sous-France venait d'expirer en son domaine secret. Restait en lice un autre Maître, authentiquement « de Souffrance », celui-là, puisque son bon plaisir consistait à l'infliger à ses semblables ; un assassin impitoyable qui, décidément, ne pouvait être que lui-même. N'avait-il pas commis l'irrémissible péché d'avoir dormi, favorisant ainsi le déchaînement incontrôlé des puissances infernales ? Dès lors, les données du problème étaient simples : un seul esprit, un seul corps, dangereusement hospitalier, hébergeait en un dosage tonnant trois entités foncièrement disparates : deux justiciers pour un criminel. Si le fond de l'affaire reposait bien sur un détriplement de la personnalité, le troisième larron incarnant à ses heures le mal absolu, l'honneur et la morale étaient en droit d'exiger que fût envisagée sérieusement la solution du suicide. C'est dans ces dispositions peu engageantes que le détective, écrasé par la fatalité, emprunta, les armes à la main, le chemin du retour.

FER CONTRE FER

Nuit du 24 au 25 décembre.

Nox courait. Il courait à perdre haleine en remontant l'avenue de Friedland, seul, au milieu de la chaussée déserte. De loin en loin, les hauts réverbères bordant la perspective se relayaient pour démultiplier son ombre gesticulante. Au-dessus de l'Arc de Triomphe, le ciel charbonneux bouillonnait de nuages pourpres, lourds et fluides, ondoyant avec langueur telles des chevelures d'ondines maléfiques. Paris tout entier s'enveloppait dans ces voiles nauséeux, un Paris méconnaissable, irréel, paralysé dans l'attente du cataclysme.

Nox courait. Bien qu'il fût légèrement vêtu, la morsure du froid glacial ne l'affectait pas. Celui qui se sent investi d'une mission sacrée ne focalise son attention que sur l'objectif visé, or cet objectif était on ne peut plus clair : arriver à temps sur les lieux du fatal rendez-vous afin de se donner une chance de contrarier l'inéluctable. Sa voiture... Sa voiture était disponible... Pourquoi avoir négligé de volonté délibérée ce précieux auxiliaire ? Pour se ruer sus à l'ennemi hors le concours d'autres ressources que celles dispensées par l'humaine mécanique ? Extravagante fierté... Incommensurable orgueil...

Ses pieds auraient pu être ailés tels ceux d'Hermès, tant il allait vite. On les voyait à peine effleurer l'asphalte. Ses épaules, ses bras se balançaient dans un mouvement de brasse fébrile. Ses poings suivaient, l'un battant le vide, l'autre moins actif puisque enserrant à les briser l'épée et la dague des ducs de Mortifer. Combattre l'adversaire avec ses propres armes. Il dépassa la place de l'Étoile sans ralentir son allure d'un iota malgré la brûlure qui commençait à irradier son plexus. Ce fut l'avenue Kléber, qu'il aborda ainsi qu'une montée accélérée au Calvaire. Son cœur battait la chamade comme l'oscillateur d'une horloge devenue folle. Il sentit sa cage thoracique prête à imploser sous les coups de boutoir des pulsations assourdissantes.

Il courait, haletant. Les larmes de l'effort brouillaient son champ visuel. La place du Trocadéro lui apparut dans le flou d'une toile impressionniste. Revers de manche cent fois mis à contribution pour éponger son front noyé de sueur. Méprisant le point de côté qui, outre la douleur pectorale, torturait son flanc gauche, il avala la place, absorba les marches de Chaillot, digéra l'esplanade. Il rallia le belvédère au bord de l'étouffement et s'autorisa enfin une halte pour récupérer progressivement son souffle. Là-bas, jaillissant du Champ-de-Mars dans sa dentelle d'obscurité, la tour Eiffel paraissait réguler les caprices de la nuée voyageuse. Un instinct purement animal lui fit ressentir à cet instant l'imminence de la catastrophe. Il marcha un peu, puis, reprenant la foulée qui était devenue chez lui une seconde nature, bifurqua sur la gauche et dévala le grand escalier à trois niveaux livrant accès aux fontaines. Il s'immobilisa au bas des marches. Ses sens aux aguets perçurent les échos d'une rumeur sourde qui emplit l'air presque aussitôt. Trop tard... Il arrivait trop tard ! Très vite, la rumeur s'amplifia en grondement. Le sol résonna sous ses pieds d'un roulement de tonnerre... Un tonnerre souterrain ! Un séisme... à Paris ! Nox courait, courait comme il n'avait jamais couru. Ayant dépassé le bassin, il se figea derechef, fasciné par l'énormité de l'événement. Il avait vu la tour frissonner sur ses œuvres vives... entendu l'armature de dix mille poutrelles vrombir de la base au sommet. Renchérissant sur le vacarme, s'éleva le pitoyable, l'insupportable gémissement du Léviathan blessé délivrant sa plainte à l'univers. Nox voulut croire que ses yeux, que ses oreilles le trompaient, que le monument n'avait pas bougé d'un pouce, mais il lui fallut bien se rendre à l'évidence du contraire. Obéissant alors aux arrêts d'une destinée qu'il savait déjà écrite, il se voulut spectateur privilégié de sa propre mort et, dans cette optique suicidaire, s'avança à pas lents pour venir se planter devant l'alignement des jets d'eau en canons. L'impossible, l'impensable, s'accomplissait devant ses yeux hagards : l'esprit du mal s'ingéniait à abattre ce qui avait été le symbole de la Ville Lumière depuis plus d'un siècle... « On » était en train de déraciner la tour ! Vision dantesque : de l'autre côté du pont d'Iéna, une énorme cicatrice venait de s'ouvrir sous les piliers citérieurs, engloutissant littéralement l'arche du front de Seine. Les soixante premiers mètres séparant l'assise générale de la première plate-forme disparurent ainsi dans les entrailles du Champ-de-Mars. Les lois de la physique sont inexorables : le glissement de terrain entraîna le soulèvement des piliers Est et Sud, lesquels s'arrachèrent par effet compensatoire du béton fondateur. Du haut de ses deux cent soixante mètres restants, la tour ressemblait maintenant à sa sœur de Pise, mais à la différence de cette dernière, l'orgueilleuse Dame de Fer, elle, ne se stabiliserait jamais dans une oblique précaire... Trop fortement déséquilibrée, elle tombait en avant... Elle tombait sur lui ! Quelle fin plus grandiose aurait-il pu souhaiter ? Périr écrasé, amalgamé aux neuf mille tonnes de la ferraille la plus célèbre du monde !

Le ciel, les nuages, la nuit, avaient viré au rouge vif. Sur le croissant de lune, à la place qu'avait occupé le sommet de l'édifice pendant quelque cent sept ans, se profilait une forme sombre qui paraissait narguer le monstre vaincu. Un papillon noir, disproportionné, s'envolait dans la nuée sanglante.

Résigné à son sort, Nox attendait le choc. Il entendit soudain un rire, un rire dément, qui s'intensifia jusqu'à couvrir les gémissements du fer humilié. Un rire à déchirer les tympans, un rire à réveiller Paris... plus silencieux que jamais. Curieusement, il n'en fut pas autrement troublé, car ce rire, qu'il exprimât l'assouvissement victorieux des forces du mal ou la cathartique mortification de celles du bien, aurait pu, tout compte fait, être le sien.

La tour tombait, et plus elle tombait, plus sa chute se précipitait. Le portique en trapèze du deuxième étage mordit le quai Branly et écrasa le tablier du pont. Le craquement d'une fracture s'ensuivit ; le troisième étage venait de se détacher. Il étirait déjà sa flèche colossale sur la place de Varsovie. L'antenne émettrice de la télévision, gigantesque aiguille-paratonnerre hérissée de fourches de transmission en saillies, fondait sur le détective. Dans un geste dérisoire et sublime, ce dernier dégaina l'épée et la dague et entrechoqua les lames au-dessus de sa tête. Pas question de mourir sans combattre. C'est ainsi qu'il croisa le fer avec la tour.

Nox agita les bras dans le vide comme pour se protéger d'un péril imaginaire, puis il se dressa d'un bond sur le canapé. Son corps tout entier était baigné de sueur depuis les orteils jusqu'à la racine des cheveux.

Le principe de ce cauchemar serait-il l'inéluctable châtiment du moindre de ses répits nocturnes ? Fournirait-il l'effroyable matière de ses songes jusqu'aux portes de la folie ?

Il n'y avait qu'un moyen de conjurer cette damnation.

LE DUC DE MORTIFER

Cinq heures quinze du matin, le mercredi 25 décembre. Nox roulait à tombeau ouvert dans la ville endormie. Sur le tableau de bord, face à lui, reposait une enveloppe dactylographiée au nom de Richard Phalène. Il était allé la pêcher dans la boîte de son alter ego avant de quitter son domicile. S'il ne l'avait décachetée, ce n'était pas par discrétion, car la lettre lui était bien adressée, quoique de façon indirecte. Le tampon de l'expéditeur en faisait d'ailleurs foi : elle contenait la réponse à la démarche épistolaire, en forme de bouteille à la mer, qu'il avait introduite en prélude à son odyssée souterraine. Non… S'il ne l'avait décachetée, c'était parce que sa lecture pouvait attendre, tandis que sa mission nocturne, elle, ne souffrait aucun retard.

Il roulait, à peine remis des affres du cauchemar dont il s'était extirpé une heure auparavant, cauchemar dont il appréhendait assez le caractère prémonitoire pour avoir associé à son départ en catastrophe l'épée et la dague des ducs de Mortifer.

La Sigurd-Atlantis contourna l'Arc de Triomphe sur les chapeaux de roues et s'engagea dans l'avenue d'Iéna. Elle la descendit jusqu'à son terme, dédaignant les feux d'arrêt. Entre deux tranches d'immeubles parut la tour Eiffel, exceptionnellement illuminée à cette heure avancée pour cause de nuit de Noël. La voiture dépassa la statue équestre de George Washington et, derrière le palais de Tokyo, obliqua dans l'avenue des Nations-Unies. Elle franchit les cinq arches du pont enjambant la Seine, et vint se garer dans la stridence de ses freins à disques en contrebas de l'édifice. Nox s'éjecta du véhicule, les armes à la main, et courut sur le terre-plein à destination du pilier Nord. L'endroit était entièrement désert, mais dans le petit hall d'accès, il eut juste le temps d'entrevoir à la lueur des veilleuses une silhouette sombre qui disparaissait derrière les guichets. Le détective voulut se précipiter, mais il buta sur un obstacle. Une paire de chaussures... dressées. Les pieds du gardien de nuit, assommé... ou pire ! Sans s'attarder aux vérifications, il reprit son élan avec suffisamment d'impétuosité pour rattraper la silhouette devant la porte close de l'ascenseur. Sa sommation claqua dans le silence :

– ... Arrête, Mortifer !

L'apostrophé fit volte-face. Il bomba le torse et posa les mains sur ses hanches dans une attitude de défi. Un homme, identique à lui-même jusqu'aux armes qu'il tenait. N'était le masque de velours noir aux ailes de papillon, le capitaine aurait pu croire qu'il rencontrait son propre reflet dans un miroir.

La porte de la cabine s'entrouvrit. Le Papillon noir s'y engouffra et actionna la manette de commande. On entendit le lointain vibrato des turbines. Les treuils se mirent à l'ouvrage. L'ascenseur connut un léger flottement déstabilisateur, puis entama son élévation. Nox avait bondi à l'intérieur juste avant la fermeture des battants. Les deux hommes se campèrent chacun dans un angle et se mesurèrent du regard.

– Nous voici donc face à face, souligna l'inconnu.

Le justicier se raidit. Il aurait pu proférer la même banalité... avec une voix sensiblement identique.

– Je n'avais pas prévu de vous tuer... continua le masque avec une nuance de regret.

La main gantée de noir se porta sur l'épée et se glissa sous les arceaux chantournés de la garde.

– Je sais, grinça le détective. Mon déshonneur, ma folie et éventuellement mon suicide vous auraient suffi... Belle nature généreuse !

– Mais, étant donné les circonstances, enchaîna l'autre, il ne saurait désormais être question de s'arrêter à ce détail !

Ils dégainèrent simultanément dagues et rapières et se mirent dans la position convenue.

Quelle que soit l'époque considérée, les règles d'un duel sont imprescriptibles : elles requièrent prioritairement une parfaite similitude des armes antagonistes. La présence d'un juge habilité à contrôler ce point précis s'avérait donc parfaitement inutile en la circonstance ; semblables, les lames l'étaient, ô combien, puisque filles de la même panoplie. Un tel arbitre, en revanche, n'eût pas été de trop pour formuler les plus expresses réserves sur le lieu choisi pour la rencontre. Un volume clos en suspension mobile d'à peine vingt mètres cubes ne constitue guère, il est vrai, la lice idéale pour une ordalie, fût-elle impromptue. Les quatre fers s'entrechoquèrent néanmoins tour à tour.

Nox conçut dès les premiers échanges que le Papillon noir n'usurpait d'aucune manière la réputation de bretteur exceptionnel dont l'avait gratifié le comte de Notre-Dame. Une fine lame, incontestablement, mais le détective ne le lui cédait en rien sur le plan de la virtuosité. Il laissa le spadassin lui décocher une succession d'assauts liminaires qu'il esquiva l'un après l'autre avec une déconcertante économie de moyens.

– ... Compliments ! apprécia Mortifer en connaisseur. Il m'aurait déplu que ce duel tournât à la formalité.

– Je me montrerai, certes, adversaire plus coriace que ce pauvre Rhomkorff ou même que Notre-Dame ! riposta Nox, cinglant.

Pour verbale qu'elle eût été, la contre-attaque atteignit une partie sensible. Susceptible jusqu'à la pathologie, le meurtrier n'était pas homme à tolérer quelconque allusion à la lâcheté de ses méfaits.

– ... Assez joué ! s'exclama-t-il rageusement, assortissant son interjection d'un balayage aussi fougueux que le permettait l'exiguïté du local.

La partie, dès lors, s'envenima. Les lames les plus longues fouettaient l'air, attrapant dans l'éclair de leurs passages la lumière de la lampe encagée. Les pointes acérées griffaient les cloisons dans des crissements métalliques ; elles raclaient le grillage des fenêtres, mordaient le bitume du sol, balafraient le plafond dans des gerbes d'étincelles. Demain, tout à l'heure, les visiteurs attribueraient cette calligraphie hystérique à quelque vandale en mal d'expression.

Quatre-vingt-dix secondes. La durée d'une montée jusqu'au deuxième étage. L'habitacle, par volonté délibérée du manipulateur, avait fait l'impasse sur l'escale facultative de la première terrasse. La porte s'ouvrit automatiquement. Mortifer fut le premier au dehors pour appeler la cabine de relais. Nox le rejoignit à l'air libre. Profitant de l'espace élargi, les duellistes purent enfin prendre leurs distances et calculer les meilleurs angles offensifs avant de se ruer au corps à corps. Le jeu consistait alors à mobiliser extérieurement les épées de façon à offrir les organes vitaux au redoutable exercice des poignards. Coulissant taille contre taille dans des grincements de tringles, les lames courtes entremêlaient invariablement leurs quillons d'acier voluté, lesquels ne se dénouaient qu'au prix d'arrachements furieux. Lassés de cette stratégie répétitive qui ne faisait qu'entériner une stricte égalité de part et d'autre, les deux hommes s'accordèrent tacitement pour laisser parler leur inspiration ; ainsi honorèrent-ils l'art de l'escrime, haussant parfois celui-ci à des niveaux rarement atteints. Aux assauts en quarte répondaient maintenant les parades de revers, aux attaques en prime répliquaient les prises en chandelle, et les esquives garde haute aux envois en octave. Nox s'essaya à la feinte du haut-bas, au terme de laquelle le jouteur se fend en avant ; à celle du faux-repli, sanctionné par une attaque de contour. L'adversaire démontait ces différents stratagèmes avec une subtilité qui en disait long sur sa science des armes. On passait de la botte de Nevers au coup de Jarnac, on risquait les passes les plus hardies, les manigances les plus biscornues, aux limites de la régularité. Par quel ténébreux prodige Nox pressentait-il avant même qu'elles lui fussent portées les bottes théoriquement les plus imparables ? Fallait-il imputer cette prémonition à une lucidité instinctive, à une intuition géniale ? ... Et pourquoi pas au fait qu'il était en train de se confronter à lui-même ? Dès lors, toucher le duc de Mortifer n'équivaudrait-il pas à se condamner sans recours ? Le feu de l'action biffa cette hantise. Pour l'heure, une seule considération primait : focaliser son intelligence et sa force sur le combat, en dehors de toute digression ; c'était, là aussi, une question de vie ou de mort.

La deuxième plate-forme continuait à retentir du cliquetis des armes. Au reste, quel théâtre plus approprié eût-on pu rêver pour cet époustouflant ballet de métal que ce site entre terre et ciel où le métal était roi ?

Nox se battait comme un lion. Il fléchissait, se dérobait, revenait à la charge. Chacun, alternativement, imposait sa loi à l'autre. Mortifer parut connaître un moment de faiblesse. Il recula, recula encore, mais le détective comprit que ce repli n'obéissait qu'à la tactique. L'ennemi sans visage voulait le rabattre sur les ascenseurs, ce à quoi le sollicité consentit. Il y eut quelques passes de pure forme, qui eussent cependant signifié l'arrêt de mort sans faille pour tous autres bretteurs, quand enfin la cabine se présenta et se stabilisa. L'espace y était encore plus restreint que dans l'ascenseur précédent. Un cube de deux mètres de côté, longueur, largeur, hauteur. L'arrivée au dernier étage n'excéda pas le délai imparti lors de la trajectoire initiale. Fermement emboîtée sur le col de la tour, la plate-forme d'accueil se résumait ici à un local couvert. Par ses dimensions ramassées, l'endroit était presque aussi malcommode pour en découdre que l'avaient été les deux cabines. Les murs épousaient la forme d'un carré aux pans coupés, ceinturé à hauteur de poitrine par un vitrage épais et scellé au-delà duquel se devinait la ville en réduction.

Nox s'efforçait à ce moment de contenir les assauts furieux du Papillon noir : il surcoupa en miroir une fulgurante attaque zigzaguante, cisailla, fers croisés, une estocade directe à l'abdomen... C'est alors que, brisant à l'improviste le rythme de l'échange jusqu'ici loyal, Mortifer prit sur lui de bousculer son adversaire d'un perfide et violent coup d'épaule. Ce dernier perdit l'équilibre et alla se ramasser sous le vitrage. L'assassin s'élança vers l'escalier en colimaçon qui menait au pont supérieur. Son poursuivant l'y retrouva peu après.

L'espace formait ici une sorte de volière grillagée en plein vent, dominée par le pylône haut de vingt mètres de la grande antenne émettrice. L'affrontement reprit. Mortifer, visiblement, était décidé à en finir. Il multipliait les assauts gauche-droite en tierce, écartant insensiblement sur les côtés les défenses ennemies. Nox ne fut pas dupe de la manœuvre ; il résolut de tromper le Papillon en entrant dans son jeu. Il simula donc la fatigue, la déconcentration, en amollissant progressivement ses parades. Ressentant cette lassitude donnée pour telle, l'homme masqué replaça brusquement sa rapière au centre et enroba la lame opposée d'une étourdissante série de moulinets. Nox joua le désarroi, dague en berne, confortant l'assaillant dans l'idée que la mise à mort n'était qu'une question de secondes. Trop confiant, l'autre suspendit net ses tournoiements. Il chassa la lame défaillante d'un revers de couteau et, tel un ressort, se fendit de toute son allonge, fer principal pointé en avant sur le cœur en offrande. Le détective n'attendait que cela. Rompant inopinément avec sa prétendue léthargie, il effectua un demi-tour arrière, torse pivotant sur le bassin, reins cambrés à l'extrême, et évita de la sorte le poinçon de l'estoc. Se récupérant aussitôt dans un sursaut fantastique, il intercepta de son propre stylet la garde de l'épée adverse et la fit jaillir littéralement hors de la main du criminel. La lame alla se ficher, toute vibrante, dans un carré de grillage.

– ... Par tous les dieux déchus ! blasphéma le sinistre lépidoptère. Vous connaissiez la botte des Mortifer !

Le capitaine frémit à cette constatation. S'il connaissait ladite botte, n'était-ce pas parce que Mortifer s'incarnait aussi en lui ? Résigné au pire, il leva l'épée, et, piquant de la pointe l'aile gauche du papillon de velours, arracha celui-ci dans un sifflement de lame.

Un masque sous le masque ! Phalène... Un Phalène au visage bestial, ravagé de haine, sourcils hérissés sur un regard injecté, bouche déformée par un rictus d'une implacable cruauté... Le portrait du diable !

La fraction de seconde que le justicier sacrifia à l'incrédulité lui fut fatale. Renouant avec sa nature profonde, Mortifer avait saisi la pointe de la dague entre ses doigts et l'avait projetée. Le couteau vint se planter au tiers de sa longueur dans l'épaule gauche de son vainqueur. Le voyant tituber et chanceler, le spadassin s'estima quitte de cette ultime félonie. Il abandonna sa victime et disparut au détour du parapet. Domptant sa souffrance, Nox se redressa tant bien que mal et emprunta le même chemin. Il surprit le fuyard juché sur les derniers barreaux d'une échelle métallique, ayant d'ores et déjà franchi la trappe ménagée dans la superstructure. Depuis des semaines, des mois peut-être, le Papillon noir avait travaillé à se rendre maître de la tour, à en subjuguer le personnel, ajoutant de facto ce domaine aérien aux possessions souterraines dont il avait spolié le seigneur des abîmes en lui ôtant la vie... Car, comment en douter ? C'était lui qui, transfuge ou non de l'esprit de Phalène, avait poignardé à mort l'infortuné Alexandre.

Le détective déroula dans sa tête le film des probabilités.

« ... Cette sensation d'être constamment observé, jusque dans le cabinet d'archives... Mais oui ! Mortifer avait assisté de loin à l'échec de sa tentative de meurtre par procuration – le piège de l'arbalète –, et, subodorant les intentions du rescapé à mon égard, il m'avait précédé dans la deuxième chambre et m'y avait attendu... Les cachettes ne manquaient pas... Derrière les plis d'un étendard... ou mieux... dans une armure ! Bien sûr, il avait pris la précaution de vaporiser avant ma venue un puissant soporifique sur le rang des registres qui, savait-il, m'attireraient immanquablement. Il avait guetté mon évanouissement, subtilisé ma dague, puis il était sorti commettre son forfait... avec d'autant plus de facilité qu'il put jouer de notre ressemblance auprès de sa future victime ! Il était ensuite revenu... pour repartir aussitôt, me laissant au réveil l'arme du crime entre les mains, et, au cœur, le poison du doute... »

Nox gravissait à son tour, péniblement, les échelons. Pour plus de commodité, il s'était débarrassé des deux poignards – y compris celui qui meurtrissait son épaule –, mais il avait conservé l'épée, calée entre ses dents, tel un corsaire montant à l'abordage. Il prit pied sur le dernier périmètre, battu par les vents, hors de toute protection, et éprouva pour la première fois l'oscillation de la tour. Une tolérance de soixante-dix centimètres aux pires jours, indiquaient les guides touristiques... Or, qui serait allé prétendre que ce jour s'inscrivait parmi les plus propices ? Ce qu'il vit lui arracha une exclamation de surprise : le papillon... le gigantesque papillon noir du cauchemar se tenait là, en équilibre au bord du vide, prêt à l'envol ! L'insaisissable assassin occupait déjà la position du pilote-passager sous les ailes du deltaplane. Nox s'avisa qu'il avait la main droite crispée sur un boîtier de télécommande, télécommande dont le détective ne douta pas une minute qu'elle fût en connexion directe avec le terminal des câbles entrevus sous terre près d'Alexandre agonisant... Une simple pression du pouce, et il déclencherait le processus infernal de la double explosion souterraine, laquelle, après l'effondrement des supports frontaux, provoquerait l'arrachement des piliers postérieurs. Supports monumentaux en déroute... petites cases blanches ou hachurées jouant aux quatre coins dans leur enclos de papier... À tout le moins, le relevé topographique déniché dans le deuxième talon de Martyrolupe recevait-il enfin sa pleine explication.

Mortifer tourna la tête, ricana de sa confusion et éclata d'un rire sonore, un rire de dément, un rire de démon. Nox paniqua. Ainsi, à moins d'un miracle, il allait périr amalgamé à neuf mille tonnes de ferraille, écrasé non pas sous, mais *avec* la tour... Et le fait d'assister au spectacle depuis les premières loges n'avait rien qui pût le réconforter !

Le papillon démesuré aborda le seuil du précipice. Si rien n'intervenait pour empêcher son départ, il allait s'envoler librement, garantissant sa néfaste survie par la grâce d'une fuite aérienne et la promesse d'un atterrissage en douceur... avec, en prime, la jouissance insane, hallucinante, de voir la tour Eiffel s'abattre sous lui !

Nox n'hésita pas longtemps. Certes, il répugnait à attenter à une autre vie que la sienne – au fait, était-ce si sûr ? – fût-ce celle du plus abominable criminel, mais les circonstances ne lui laissaient guère d'autre alternative.

Le deltaplane quitta la plate-forme. Une saute de vent contraire l'y rapporta, le dressant presque à la verticale. La cible se présentait idéalement. Le justicier voulut y voir un signe. Il empoigna son épée par la lame et la lança de toutes ses forces, comme une sagaie. Le trait atteignit Mortifer à la poitrine, de plein fouet. Le rire s'interrompit net sur un cri de surprise, instantanément suivi d'un râle de douleur. Le pouce tremblota au-dessus du bouton fatal, puis se figea dans une rigidité morbide. Transpercé de part en part, le criminel était touché à mort. Le Papillon noir était épinglé ! Quel entomologiste n'eût rêvé d'ajouter ce monstrueux spécimen à sa collection ?

Désormais privé de timonier, le deltaplane dériva au gré des vents inconstants. Le boîtier glissa lentement de la main du cadavre. Au mépris de sa blessure, Nox plongea pour l'intercepter avant qu'il tombât sur le grillage. Sur ces entrefaites, le papillon s'était retourné. L'aile droite érafla son tissu sur l'arête vive d'une fourche de transmission. L'éraflure s'agrandit en accroc, s'accrut en déchirure. Un nouveau souffle de vent évacua l'appareil au-dessus du vide. Hors d'usage, le deltaplane tourbillonna un instant sur lui-même, puis chuta comme une pierre. Instinctivement, Nox rentra sa tête dans les épaules et écrasa les paupières. Au bout d'un interminable moment, il entendit le fracas assourdi de l'impact, quelque trois cents mètres plus bas, sur le quai Branly. Tout à l'heure, quand l'animation gagnerait la ville, on découvrirait aux pieds de la tour un corps disloqué au visage méconnaissable.

LE SECRET DES PRÉSIDENTS

Le timbre de la sonnette stridula avec insistance. On entendit le bruit d'un pas pressé dans le vestibule et la porte palière s'ouvrit après un laborieux dégagement de verrous. Le docteur Gaboriau parut. En dépit de l'heure – tardive ou avancée selon les opinions –, il était en costume de ville. La vue de son visiteur lui arracha une exclamation de surprise qui faillit lui faire cracher son cigare.

– … Capitaine Nox !

Le détective s'appuyait au chambranle de la porte. Il agrippait sa veste, maculée de sang à hauteur de l'épaule.

– Bonté divine… Vous êtes blessé !

– Pardonnez-moi de vous déranger à pareille heure, docteur, haleta l'intrus dans un spasme, mais vous êtes le seul médecin dont le nom figure dans mon carnet d'adresses…

– Entrez, mon ami.

Le conseiller privé du chef de l'Exécutif n'exerçait plus son art que très occasionnellement, mais on n'étouffe pas de sitôt une vocation de secouriste. Il soutint son obligé par l'aisselle, côté valide, et l'introduisit dans l'appartement.

— Venez, nous sommes installés au fumoir.

Nox n'eut pas le loisir d'épiloguer sur ce pluriel. En entrant dans la pièce, il reconnut tout de suite la barbe bien taillée de Philippe Monestier, président de la République. La surprise fut partagée. Ce dernier, le voyant si pitoyable, bondit hors de son fauteuil.

— Capitaine Nox, mais...
— Mes respects, monsieur le président.
— Le chef de l'État et son épouse sont mes invités pour le réveillon, précisa Gaboriau. Ces dames sont allées dormir ; quant à nous, déformation professionnelle oblige, nous avons passé le reste de la nuit à refaire le monde.

Le président écrasa son propre cigare. Il s'approcha, considéra l'épaule meurtrie et s'inquiéta :

— Que vous est-il donc arrivé ?
— Plus tard, je vous en prie, enjoignit le maître de maison. Il importe avant tout de soigner notre blessé. Ôtez votre veste et votre chemise, capitaine. Philippe, voulez-vous l'assister ? Je suis à vous tout de suite.

Il sortit de la pièce pour revenir presque aussitôt, muni de sa trousse.

Sur la cheminée dont le feu agonisait, la pendulette égrena le dernier quart avant sept heures. Au dehors, le vent continuait à gémir.

— ... L'entaille est profonde, commenta le docteur en désinfectant la plaie. Douloureuse, certainement, mais sans gravité. Une transfusion ne sera pas nécessaire. Ne bougez pas pendant la piqûre.

— Comment diable vous êtes-vous fait ça ? insista Monestier. On dirait un coup de couteau...

Nox eut une moue désabusée.

— Je crois que je n'échapperai pas aux explications, fit-il.

Il s'exécuta donc, tandis que Gaboriau le pansait. Isolée dans ce cadre, la scène évoquait quelque essayage mondain chez un grand tailleur.

Au fur et à mesure que le récit progressait, l'auditoire, sceptique de prime abord, se mit à en ponctuer les coups de théâtre par des jappements de surprise, des interjections admiratives. Ce n'étaient que des « Oh ! », des « Ah ! », des « Inouï ! », des « Formidable ! » ; tant et si bien qu'à la conclusion, le détective se tailla un succès de conteur oriental.

— Allons bon ! L'Aventure n'est pas morte ! jubila l'ex-praticien en posant le dernier albuplast.

— ... La tour Eiffel... Rien que ça ! s'émut par contraste le président avec un frisson rétrospectif. Ce Mortifer était vraiment le diable incarné !

Entre deux grognements fatalistes, il aida le blessé à se rhabiller, puis lui avança un siège.

— Non, pas le diable... réfuta Nox en s'asseyant.

Il soutira de la poche intérieure de sa veste l'enveloppe qu'il avait entre-temps décachetée. Présageant à juste titre un cycle inédit de révélations tout aussi captivantes, le président et son hôte s'installèrent face au narrateur.

– Ceci, messieurs, est le duplicata d'un livret de famille, pièce que je sollicitai naguère auprès des services compétents de la ville d'Angoulême. J'effectuai cette démarche au nom de Richard Phalène, officier de police. Vous y lirez que dans la nuit du 2 au 3 juillet 1959, Marie-Mathilde Phalène née d'Austramont-Liancourt mit au monde un fils, Richard, puis, à quelques minutes d'intervalle, un autre, prénommé Robert. Richard, nous le connaissons tous trois, et moi, j'ose le dire, mieux que quiconque... Inutile, par conséquent, de s'attarder sur une carrière de policier intègre entièrement consacrée au service du droit et de la justice. Le second, Robert, était jusqu'à une date encore récente un parfait inconnu. Nous savons aujourd'hui qu'il est – ou plutôt qu'il était – son exacte antithèse, sa face cachée... Le génie du mal ! Des jumeaux, donc, aussi semblables physiquement que différents sur le plan moral. Ils furent vraisemblablement séparés très tôt par les parents, disparus depuis, soucieux de préserver l'aîné de la perversité, que l'on a tout lieu de supposer précoce, de son frère. Dieu sait quelle existence fut celle de Robert avant qu'il ressurgît ; quelles épreuves il a traversées pour que s'accumule en lui un tel arriéré de haine vengeresse à l'égard de son frère et du genre humain...

Au fil des années, notre ami Phalène oublia – ou plutôt, s'efforça d'oublier – cette gémellité brisée dès l'enfance. Le problème, c'est que son subconscient, lui, non seulement n'oubliait rien, mais, de surcroît, se repaissait de ce souvenir... Jour après jour, mois après mois, il imposait inlassablement au cortex le spectre du double absent, l'exhortant de toutes ses fibres mentales à ressentir ce manque comme insupportable... Jusqu'à le mettre en demeure d'avoir à le combler ! C'est ainsi, je présume, que notre Phalène, nature généreuse passionnément éprise de justice, m'inventa comme produit de remplacement ; oui, messieurs, m'inventa, il n'y a pas d'autre mot.

– Du strict point de vue médical, ce diagnostic me paraît tout à fait pertinent, estima Gaboriau. Nous tenons là la motivation fondamentale du dédoublement de sa personnalité.

– ... Le jumeau oublié a donc agi par dépit, par esprit de vengeance contre son propre frère, résuma le président. À travers sa personne, il voulait discréditer le policier, lui faire endosser publiquement la responsabilité d'une série de meurtres abominables...

– ... Et accessoirement le pousser aux dernières extrémités, souligna Nox ; car il avait autre chose en tête : l'héritage.

– Ah ! Il y a un héritage...

– Oh... Une bagatelle ! ironisa le détective en reportant le sujet à plus tard. C'est que, voyez-vous, continua-t-il, la famille de notre ami n'est pas n'importe quelle famille. Songez donc... Son ancêtre n'est autre que François, duc d'Anjou, incidemment rejeton légitime de Henri III de Valois, et, en tant que tel, injustement dépossédé de la couronne à la mort de son père, en 1589 !

– ... Henri III... Un fils ? Vous voulez plaisanter ! s'esclaffa Monestier.

– Complètement rocambolesque ! appuya Gaboriau dans un haussement d'épaules.

– Votre ignorance, messieurs, n'a rien qui puisse surprendre, professa le capitaine. À en croire les manuels, la lignée des Valois s'est éteinte avec ce dernier souverain... Or, il n'en est rien, car Henri III eut bien un fils de son épouse Louise de Lorraine. Maintenant, s'il faut trouver un motif au bannissement de son propre héritier, je dirais, en me replaçant dans le contexte historique, qu'il ne devait pas faire bon assumer le rôle de Dauphin de France à cette époque fertile en intrigues de palais et en meurtres politiques. Voilà pourquoi le roi, inquiet pour la vie de l'enfant, écarta délibérément celui-ci des marches du trône, et n'hésita pas à appeler Henri de Navarre à lui succéder... François se vit donc relégué en son fief angoumois, où il fut élevé, loin de la cour. Par la suite, il renonça, contraint et forcé, au titre de duc d'Anjou, lui substituant celui, moins voyant, de chevalier de Phalène ; l'emblème du papillon noir fut tiré de ce nom... Mais c'est sous l'identité cachée de duc de Mortifer qu'il accéda pour la postérité au rang de mythe exterminateur !

Faut-il parler de la rancœur pathologique que le premier Phalène-Mortifer voua à Henri IV de Navarre – l'usurpateur –, jusqu'à l'assassinat de ce dernier en 1610 ? De l'inextinguible vindicte transmise par-delà le tombeau à toute une descendance abusivement frustrée du pouvoir suprême pendant près de quatre cents ans ? Oh ! Bien entendu, cette rancune exacerbée fondit comme neige au soleil à la fin de la monarchie, en même temps que tomba la particule, mais Robert qui avait des dispositions innées pour le mal se sentit investi de la mission « sacrée » de la raviver. Nous verrons qu'il avait, outre cela, d'excellentes raisons pour le faire... Renouant avec le funeste objectif – jamais assouvi – de ses ancêtres, il s'attacha donc à trancher d'une lame vengeresse en ce siècle finissant, la totalité des rameaux dynastiques, qu'ils fussent Bourbon, Navarre ou Orléans. Notre brave Phalène serait bien étonné de se savoir dépositaire d'une haine plusieurs fois séculaire... en même temps que légataire d'une succession qui, après tout, lui revient de plein droit par le jeu d'une antériorité manifeste !

– En foi de quoi serait-il habilité à réclamer quelque chose ? On n'a jamais trouvé de document attestant ce que vous avancez...

– ... En êtes-vous si certain, monsieur le président ? finassa le détective.

Il plongea derechef la main dans sa veste et en sortit un parchemin plié en quatre, rien moins que le document dérobé aux annales du XVIe siècle dans la deuxième cave.

– J'ai soustrait cette pièce au cadavre fracassé qui repose en ce moment aux pieds de la tour. Il s'agit du manuscrit qui enregistra devant un aréopage de témoins dignes de foi la naissance de François, au Louvre, à la date du 14 janvier de l'an de grâce 1576. N'importe quel généalogiste certifié vous en garantira l'authenticité.

Le document passa de main en main dans un silence recueilli.

– Je comprends le mobile de l'assassin, s'avisa soudain le chef de l'État. Les successions royales se fondent sur l'ordre de la primogéniture. Richard étant le premier né, son malfaisant cadet se devait de l'éliminer s'il voulait lui souffler l'héritage...

– Connaissant la psychologie du personnage, je ne crois pas que cela lui aurait posé trop de problèmes moraux ! Je pense toutefois qu'il avait résolu de s'épargner cette besogne. Considérez la situation : son frère compromis, suspecté d'assassinats dont il ne demandait qu'à se croire coupable... inéluctablement conduit au suicide via l'asile ! Notre homme aurait alors paru à point nommé, vêtu de lin blanc et de probité candide, exhibant ce document... et décrochant le gros lot !

Le chef de l'État caressa sa barbe, dubitatif.

– ... Mais pour quelle raison, alors, se sachant l'indiscutable descendant des rois de France, avoir pris la peine d'assassiner, ou de tenter de le faire, le prince Rhomkorff et le comte de Notre-Dame ?

Nox fut tenté de signaler à son illustre interlocuteur qu'il omettait quelqu'un sur la liste des victimes, mais il se rappela opportunément le présupposé du serment naguère contracté à l'égard d'Alexandre, et, par conséquent, s'abstint.

— D'abord, parce que cela lui fournissait la matière idéale pour tisser une inextricable toile d'araignée autour de son aîné, ensuite pour balayer définitivement l'inévitable, l'interminable obstacle procédurier potentiel dressé entre lui et l'héritage...

— L'héritage... Encore ! fulmina Gaboriau. Nom d'un chien ! Que pouvait-il bien espérer ? Le ralliement à son auguste personne du parti légitimiste ? La belle affaire ! Pourquoi pas le chemin du trône ? Croyait-il la République si proche de son déclin qu'il pût envisager sérieusement une Restauration ?

Le président posa sa main droite sur l'avant-bras de son conseiller pour l'inciter à la modération. Curieusement, il paraissait aux aguets, comme s'il redoutait ce que Nox allait dire.

Le détective esquissa un sourire. Il s'amusait ouvertement de l'emportement de l'un et de l'appréhension de l'autre.

— ... Quand je parle d'héritage, docteur, vous pouvez m'en croire : il ne s'agit nullement de chimères... Et à ce sujet, permettez-moi de vous dire avec tout le respect que je vous dois, monsieur le président, que vous êtes un petit cachottier...

Ce persiflage badin fit sursauter Gaboriau. Il ouvrait la bouche pour pousser une exclamation indignée, quand Monestier étouffa dans l'œuf sa velléité de protestation.

– Laissez-le continuer, René.

Le capitaine ne se fit pas prier.

– Les présidents de la République, la chose est connue, se communiquent oralement ou par voie testamentaire à chaque nouvelle élection les renseignements confidentiels touchant à la procédure de déclenchement du feu nucléaire. Cette tradition remonte à Charles de Gaulle... Mais ils se transmettent aussi un autre secret, remontant, celui-là, à beaucoup plus loin ; à la fin du siècle dernier pour être précis, pendant le septennat de Sadi Carnot, le chef de l'État qui inaugura la tour Eiffel en prologue à l'Exposition Universelle de 1889. Ne perdons pas de vue, s'il vous plaît, les considérations fondamentales qui motivèrent la construction de l'édifice... Outre la préfiguration de l'âge industriel, ladite exposition avait pour but de célébrer le centenaire de la Révolution, autrement dit la victoire de la République sur la « tyrannie », en des temps où le danger d'un retour à l'Ancien Régime était encore vivace. Souvenons-nous que la chute du dernier roi, Louis-Philippe, ne remontait qu'à une quarantaine d'années, et la déchéance du dernier monarque impérial, Napoléon III, à moitié moins. Voilà pourquoi il importait de faire disparaître les signes extérieurs de la monarchie, d'en faire oublier jusqu'au souvenir ! Je ne sais qui, au juste, eut cette idée géniale : réunir l'intégralité des reliques capétiennes dispersées depuis des lustres aux quatre coins de l'horizon pour les enfouir en catimini sous l'emplacement des futures fondations des piliers Est et Sud, mais je lui tire mon chapeau... Et je n'admire pas moins le gouvernement de l'époque d'avoir résisté à la tentation de monnayer pareil trésor ! Peut-être, d'ailleurs, caressa-t-il l'arrière-pensée, après avoir généreusement puisé dedans pour satisfaire ses besoins immédiats, d'en faire une cagnotte inviolable pour des lendemains difficiles...

Beau joueur, Monestier souscrivit à l'ensemble de l'exposé par une série de hochements de barbe.

– ... Le trésor fut donc scellé sous neuf mille tonnes de ferraille, neuf mille tonnes qu'un légataire imprévisible, surgi du néant cent sept ans plus tard, se devrait impérativement d'abattre afin de le rendre accessible et d'en hériter le plus légalement du monde ! Un suspect tout désigné pour endosser ce forfait d'envergure : Phalène, qui, vu l'état dépressif découlant de sa pseudo-culpabilité, se fût on ne peut plus complaisamment prêté à des aveux...

– ... Mais par quels obscurs détours Mortifer a-t-il pu être mis au courant de ce secret ? questionna Gaboriau.

Lié par sa promesse, le détective ne pouvait mentionner, fût-ce allusivement, l'existence du domaine souterrain. Il se raccrocha, pour répondre, à l'inspiration du moment :

– Personnellement, allégua-t-il, je miserais sur le vol jamais élucidé de certaines archives confidentielles relatives à la Deuxième République lors du déménagement à Tolbiac de la Bibliothèque Nationale.

Le président ne contint plus son enthousiasme.

— Bravo, capitaine ! exulta-t-il. Grâce à vous, ce réveillon s'achève en apothéose... Riche idée que j'ai eue, mon cher René, de répondre à votre invitation !

— Au fait, extrapola le maître de maison, si je calcule bien, cela fait de vous aujourd'hui le seul prétendant valable à la succession... et à la possession du trésor !

Nox eut un geste apaisant.

— Rassurez-vous : en tant que dernier duc de Mortifer, je ne compte pas abuser plus qu'il ne convient de mes prérogatives royales ! Le seul risque serait que Phalène... (Ses traits se figèrent brusquement dans une expression hagarde.) Bon sang... Phalène ! Je l'avais presque oublié... Il faut que je rentre immédiatement. L'aube approche, et je ne tiens pas à le voir s'éveiller parmi nous !

À DORMIR DEBOUT

L'aurore commençait à poindre tandis que Nox regagnait ses pénates, rompu, fourbu, meurtri. Ballotté entre la réalité rêvée et le cauchemar vécu, il venait de connaître sa nuit la plus longue – chacun réveillonne comme il peut. Par référence au contexte, le dilemme qui s'imposait à lui brillait par son insignifiance : quel appartement choisir pour délivrer ses ultimes confidences ? Il opta pour le sien. L'affaire se dénouerait en terrain familier. Ne manquait en somme que l'interlocuteur privilégié. Il en suscita l'essence et l'existence en imaginant son double tel qu'au saut du lit, matérialisé dans le confort du salon. Ce dernier l'entreprit sans préambule comme un enfant impatient.

– Nox... M'expliquerez-vous par quelle ahurissante coïncidence nous voici tous deux blessés à l'épaule... avec un pansement identique ?

Le détective dut bien se l'avouer : il n'avait pas anticipé une seule seconde cette question incidente, pourtant prévisible.

– Oui, certes, je vous l'expliquerai, promit-il, évasif. Plus tard.

– ... Mettez-vous à ma place, s'anima Phalène. Je me couche normalement, hier soir, résigné à subir mes cauchemars habituels, et voilà qu'ils se concrétisent au réveil par cette douleur lancinante... apparemment partagée ! Je ne sais ce que vous avez fait de votre nuit, mais quant à moi...

– Justement, soupira Nox avec une mimique agacée, j'ai, moi aussi, traversé une nuit agitée et enduré les pires angoisses. Mais si je suis ici, c'est pour vous entretenir d'événements autrement graves ; et comme je n'ai pas trop de temps...

– Quoi... Vous repartez ?

– Bah ! Appelons ça ainsi...

Le détective regarda sa montre. Son sursis expirerait dans une trentaine de minutes.

– Qu'avez-vous donc à me dire de si essentiel ?

– Il s'agit d'un aveu. Un aveu terrible. Oui, c'est cela, asseyez-vous... J'ai tué votre frère.

– Mon... mon frère ?

– Votre jumeau. C'était lui, l'assassin... Mortifer. Je n'ai pas eu le choix des moyens, croyez-le.

– Mon... jumeau ? Mais, pourquoi...

– Oh ! Le mobile remonte à Caïn et Abel : une cordiale détestation ! Bien entendu, il exécrait tout autant votre profession et le zèle que vous apportiez à l'exercer au mieux...

– Mais j'ignorais jusqu'à son existence !

– Vous l'ignoriez parce que vous *vouliez* l'ignorer. Bon sang ! Je ne vais pas me lancer dans un numéro de psychanalyse !

– Le malheureux... compatit le policier contre toute attente. Je redoutais intimement quelque chose comme ça.

– Le malheureux... ! s'exclama en écho le détective. Rengainez votre pitié, je vous en prie ! Il n'en aurait pas voulu, et, du reste, ne l'eût pas méritée.

– Cette nouvelle est affreuse, cependant, je ne puis cacher que j'en éprouve un soulagement... Un soulagement trouble, presque coupable !

– Ah ! Non ! protesta Nox. Vous n'allez pas nous servir un nouveau complexe !

– C'est donc lui qui a tué Glastonbury Chan...

« ... Et bien d'autres ! », faillit renchérir le détective.

L'instruction du dossier étant close et le secret désormais de rigueur, le meurtre de l'*Exotic* ne relèverait jamais, pour le policier, que d'un acte purement gratuit ne visant qu'à compromettre l'un aux yeux de l'autre, et l'autre aux yeux de tous.

– ... Ce qui d'ailleurs n'explique rien, et surtout pas le *modus operandi* de son impossible forfait. Un cadavre disloqué après une chute vertigineuse... Dans une pièce fermée de l'intérieur...

– Bah ! Détails que tout cela... À peine m'aviez-vous fourni les données du problème que celui-ci était résolu dans ses grandes lignes !

— Vous voulez dire que vous connaissiez la réponse à ce casse-tête dès notre premier entretien ?

— Cela va de soi.

— Et, sachant cela, vous avez pu me laisser patauger dans le doute ?

— Réfléchissez une seconde, mon ami. Si j'avais été assez naïf pour démonter à ce moment le mécanisme du crime, quelle aurait été votre réaction à mon égard ?

— Mon Dieu, celle d'une profonde gratitude...

— D'une défiance accrue, au contraire ! Vous en auriez inévitablement déduit que pour avoir résolu l'énigme aussi vite, il fallait que j'en eusse été l'instigateur !

— Vous sous-estimez l'opinion que j'ai de vos capacités !

— N'importe. Il y avait un risque.

— Bon... Alors... Ce meurtre...

— Eh bien, voilà, attaqua le détective en rejoignant son fauteuil attitré. Nous sommes le mardi 10 décembre à dix-sept heures trente. Le pseudo-chauffagiste de la prétendue maison Frot, indirectement contacté par notre frileux pensionnaire, se présente à l'*Exotic*. Le chef-réceptionniste le conduit aussitôt à l'appartement de l'intéressé, et il laisse les deux hommes en tête-à-tête dans la fameuse chambre des antipodes. Le chauffagiste, qui n'est autre que votre jumeau... Mortifer, le bien nommé, commence par assommer son infortuné client. Il profitera de ce que celui-ci a le dos tourné, et commettra ce premier méfait, à l'aide, j'imagine, d'un tuyau de plomb ou d'une quelconque pièce contondante de son abondant attirail. Que fait-il ensuite ? Il saisit le corps inanimé et le hisse par l'escalier « maori » jusqu'au palier, versant antichambre.

— Une idée saugrenue.

— Pas tant que ça... Assuré que Chan ne se réveillera pas, il descend une première fois à la cave qui correspond à la suite 31 – le concierge vous avait bien spécifié qu'il avait été étonné de ses nombreuses allées et venues entre le sous-sol et le troisième étage. Sur place, il entreprend d'isoler la chambre à distance en déconnectant les circuits d'alimentation. Ces opérations effectuées, pourquoi s'attarde-t-il ? Pour adapter à la turbine d'air pulsé un improbable vaporisateur de senteurs exotiques ? Non pas ! Il sait que si chacune des chambres de l'hôtel est régulée par un complexe autonome de distribution, celle qui nous intéresse s'en distingue par un dispositif original, ignoré, ou peu s'en faut, du commun des mortels...

— Un dispositif secret, donc...

— Qui justifie, stricto sensu, son appellation de chambre des antipodes.

— Nous tournons en rond.

— Mon ami, releva Nox, l'œil frisant, vous ne réalisez pas vous-même la pertinence de cette observation ! Mais je poursuis : souvenez-vous que, aux dires du gérant, lors de la construction de l'établissement, en 1935, le décorateur chargé d'aménager le local s'était ingénié à restituer dans ses plus subtils détails les particularités d'un intérieur polynésien type, et qu'il avait poussé le souci d'exactitude jusqu'à des sommets insoupçonnés. Le mode d'évacuation des eaux soumis à la force de Coriolis, par exemple, témoigne de cette méticulosité confinant au délire monomaniaque. Il n'aurait su, toutefois, se contenter de pareilles broutilles... Il lui fallait plus... Il lui fallait mieux ! Parachever son œuvre en recréant l'illusion suprême, tel était son but ! Vous avez bien compris : il entendait reproduire un intérieur océanien, non seulement dans sa vérité ethnologique, mais également dans sa matérialité géophysique ! Or, pour simuler concrètement la réalité des antipodes de ce côté-ci du monde, que suffisait-il de faire ? Simplement concevoir un processus mécanique susceptible de renverser la chambre à volonté !

– Renverser la...

– La mettre à l'envers ! Vous avez cru abusivement que le mobilier avait été scellé aux murs et au plancher uniquement pour sacrifier à la couleur locale. Il est parfaitement vrai, au demeurant, que les naturels des régions sujettes aux séismes ont quelquefois recours à cet expédient, mais ici, en l'occurrence, c'était tout bêtement pour empêcher que tombent meubles et fournitures lors des manœuvres de retournement !

... La deuxième guerre mondiale suivit de

près l'inauguration de l'hôtel. L'établissement traversa la période troublée de l'Occupation, puis vint la Libération avec un premier changement de propriétaire. Le temps passa. Les modes exotiques dont notre cher pays est si friand se succédèrent, entraînant parfois dans leur sillage des changements drastiques dans l'aménagement des autres suites, mais elles ne modifièrent jamais le décorum originel de la chambre en question, ni, à plus forte raison, ne remirent en cause sa pérennité. La rançon du perfectionnisme, sans doute... Seule la caractéristique majeure, plus haut évoquée, sombra dans l'oubli, et ses locataires, jusqu'à M. Chan, l'habitèrent le plus bourgeoisement du monde.

– L'assassin, lui, la connaissait, cependant.

– Bah ! Pourquoi lui prêter moins d'érudition qu'à votre serviteur ? Il existe des sources, oubliées elles aussi, mais non introuvables... Je pourrais vous citer un numéro de *Architektur in der Welt* paru en 1936, presque exclusivement consacré à l'*Exotic*, faisant explicitement référence à cette dispendieuse excentricité. Mortifer en eut-il connaissance par hasard et cela lui inspira-t-il son diabolique stratagème ? ... Qui peut savoir ? Mais revenons à lui, justement. Le voici face au fameux dispositif. Avec quelle ferveur dut-il implorer Satan pour que la mécanique fonctionnât encore ! Il pousse la manette. Joie insane et ineffable : l'appareillage se met en branle. Prisonniers des colonnes sèches, les engrenages se dégrippent, les chaînes se tendent, les poulies reprennent du service. Emboîtée dans le cylindre d'un gigantesque tambour, la chambre bascule sur elle-même. Lentement, délicatement, le manœuvrier lui commande un demi-tour. Va pour la marche avant ; la marche arrière sera pour plus tard... Il remonte au troisième étage, et là, contemple à loisir ce que personne n'avait vu depuis plus d'un demi-siècle : la chambre renversée ! Satisfait, il s'empare du corps toujours inanimé de sa victime et le redescend sur le théâtre de son forfait.

— Si j'ai bien saisi, Mortifer évolue à présent sur le plafond devenu plancher...

— C'est ça.

— Admettons. Mais cela ne nous indique pas...

— J'y viens. Nous savons que notre homme disposait d'un important matériel à base de tuyaux soi-disant affectés au montage de je ne sais quel ébouriffant système de ventilation d'effluves... Attention, mon ami, la plus élémentaire probité m'oblige à reconnaître que, parvenu à ce stade de la démonstration, j'en suis réduit aux conjectures. La théorie que je m'apprête à formuler me paraît néanmoins la plus plausible. Je vous la donne pour ce qu'elle vaut : notre assassin procède bien à un montage, mais, à mon humble avis, celui-ci n'a rien de domestique. Que nous bricole-t-il en réalité ? Rien moins qu'un échafaudage inspiré des rampes d'essais pour sièges éjectables... Une catapulte de fortune unissant le plafond au sol ! Il installe solidement sa victime sur le strapontin de largage, puis déclenche la mise à feu de la cartouche de dynamite placée dans un conteneur blindé, sous le siège du malheureux. Voilà notre pauvre Chan propulsé la tête la première vers le sol inversé à une vitesse de deux cent cinquante mètres à la seconde... Cela donnera au résultat la tragique impression d'un impact consécutif à une chute vertigineuse !

Phalène hocha le menton, approbateur à une réserve près.

– J'adhère à votre théorie, il va sans dire ; mais le bruit... Que faites-vous du bruit ?

– Oh ! Il y en eut, nécessairement, mais il fut de courte durée, et l'onde de choc fut absorbée par l'épaisseur des murs. Souvenez-vous au surplus que nous traversions cette semaine-là une période fortement orageuse. Un grondement de tonnerre de plus ou de moins...

– D'accord. Objection levée.

– La phase la plus importante du plan est maintenant achevée, mais Mortifer n'en a pas fini pour autant. Il redescend à la cave et procède à un nouveau retournement, un autre demi-tour, qui rétablit les lieux dans leur état initial. Revenu dans la chambre, il peut démonter la rampe et ranger son matériel. Chan, lui, gît à terre dans la posture pitoyable où vous l'avez découvert. L'échafaudage, nous l'avons vu, est désormais indisponible, mais il est impératif de lui substituer un support équivalent davantage en harmonie avec le décor, car notre défunt pensionnaire est loin d'en avoir terminé avec ses acrobaties *post mortem*. Un totem fera l'affaire. L'assassin arrache donc un des deux poteaux sculptés et le cale entre le plafond et le dos de sa victime. Notez qu'il s'arrange, ce faisant, pour conférer à l'ensemble un équilibre stable, certes, mais non définitif... Car il importait que ce palliatif résistât à deux tours de manège supplémentaires, mais pas au-delà. Plus tard, le totem ayant chuté, il s'incorporera sans problème au désordre ambiant, désordre dont vous vous empresserez d'attribuer les effets à une empoignade féroce ou à une fouille acharnée.

Notre homme avait eu largement le temps de calculer tous les paramètres – hauteur du totem, évaluation de sa masse critique – à l'occasion des visites régulières qu'il rendait à sa future proie. C'est certainement au cours d'une de ces visites, probablement une des premières, quand Chan ne nourrissait encore aucun soupçon, qu'il préleva subrepticement l'empreinte de la fameuse clé. L'entreprise n'offre guère de difficultés : il suffit de dissimuler une pellicule de pâte à modeler dans la paume de la main et d'appuyer celle-ci par feinte inadvertance sur l'objet que l'on souhaite reproduire. Mortifer, par conséquent, a eu tout loisir de se confectionner un deuxième exemplaire de la clé, identique à celle du locataire, à une différence près toutefois : la tige de son modèle à lui se prolongeait au-delà de la crénelure d'une excroissance que j'estimerais à une vingtaine de centimètres...

... Il ne reste plus à notre homme qu'à regagner le palier, à faire disparaître la clé d'origine et à la remplacer par sa sœur dans la serrure, serrure qui, étant donné le décentrage de la porte, occupe le milieu géométrique du mur mitoyen. Il referme le battant sur lui et retrouve, côté antichambre, la longue tige d'acier dépassant de l'orifice. Sollicitant une dernière fois son attirail, il érige un trépied coiffé d'un étau de mécanicien, en règle la hauteur, et coince l'excédent de métal entre les mâchoires de l'instrument. Une ultime randonnée à la cave, et c'est la minute de vérité : la chambre en prend pour deux tours complets en marche arrière. Je suppose qu'il dut imprimer une vitesse réduite pour la première rotation et conférer à la seconde un maximum d'accélération. L'équilibre du totem n'y résista pas, et le poteau tomba où vous l'avez trouvé, décombre parmi les décombres.

– Extraordinaire ! s'enflamma Phalène. Ce n'est pas la clé qui a tourné dans la serrure, mais la chambre qui a tourné autour de la clé, se bouclant elle-même de l'intérieur !

– Simple, mais il fallait y penser. Le criminel procédera ensuite à la reconnexion de tous les circuits et rétablira la température souhaitée, puisque aussi bien tel était le motif de sa venue... On peut l'imaginer, à l'occasion d'une dernière visite à la suite 31, occupé à limer la partie saillante de la tige et peaufinant son ouvrage à l'aide d'une ponceuse miniature.

Le policier n'écoutait plus. Il fixait le vide, éperdument.

– ... Fallait-il me haïr pour avoir à cœur de défier ma sagacité. Se reprenant : Belle sagacité, en vérité. Sans vous...

D'un geste, Nox coupa court aux effusions. Derrière la fenêtre, l'arc orangé blême du disque solaire se profilait à l'horizon des toits. Fut-ce la prescience du départ annoncé comme imminent ? Phalène céda à une fringale d'explications.

– Mais que viennent faire dans ce micmac le jeu de cartes et le croquis trouvés dans les talons de Chan ? ... Il y a aussi le métro... Mozart... *La Marche turque*... Non... *L'Enlèvement au sérail !*... Sans parler de cette blessure qui...

– Puisque vous abordez le sujet, repartit le détective, j'ai promis au docteur Gaboriau que vous prendriez rendez-vous pour changer le pansement... Quant au reste, ma foi, c'est une autre histoire dont je vous conterai, une prochaine fois peut-être, les péripéties.

Il ajouta, narquois :

– Allons ! Joyeux Noël quand même...

Avant de s'escamoter, tel le génie de la lampe, dans le subconscient enfin apaisé de son alter ego.

L'AUTEUR

Jean Alessandrini est né à Marseille en 1942. Après trois années d'apprentissage au Collège Technique d'Arts Graphiques de la rue Corvisart, à Paris, il travaille comme maquettiste et illustrateur pour divers magazines et notamment pour la revue *Pilote*, où il est aussi scénariste, chroniqueur, graphiste...
En 1986, il se lance dans l'écriture de livres pour la jeunesse. Il a publié de nombreux ouvrages dans les collections Cascade.

CASCADE POLICIER

AGATHE EN FLAGRANT DÉLIRE
Sarah Cohen-Scali.

À L'HEURE DES CHIENS
Évelyne Brisou-Pellen.

ALLÔ ! ICI LE TUEUR
Jay Bennett.

ASSASSIN À DESSEIN
Claire Mazard.

L'ASSASSIN CRÈVE L'ÉCRAN
Michel Grimaud.

L'ASSASSIN EST UN FANTÔME
François Charles.

BASKET BALLE
Guy Jimenes.

LE CADAVRE FAIT LE MORT
Boileau-Narcejac.

CENT VINGT MINUTES POUR MOURIR
Michel Amelin.

CHAPEAU LES TUEURS !
Michel Grimaud.

LE CHARTREUX DE PAM
Lorris Murail.

LE CHAUVE ÉTAIT DE MÈCHE
Roger Judenne.

COUP DE BLUES POUR DAN MARTIN
Lorris Murail.

COUPS DE THÉÂTRE
Christian Grenier.

DES CRIMES COMME CI COMME CHAT
Jean-Paul Nozière.

CROISIÈRE EN MEURTRE MAJEUR
Michel Honaker.

DAN MARTIN FAIT SON CINÉMA
Lorris Murail.

DANS LA GUEULE DU LOUP
Boileau-Narcejac.

LE DÉMON DE SAN MARCO
Michel Honaker.

LE DÉTECTIVE DE MINUIT
Jean Alessandrini.

DRAME DE CŒUR
Yves-Marie Clément.

**DRÔLES DE VACANCES
POUR L'INSPECTEUR**
Michel Grimaud.

L'ENFER DU SAMEDI SOIR
Stéphane Daniel.

UNE ÉTRANGE DISPARITION
Boileau-Narcejac.

HARLEM BLUES
Walter Dean Myers.

L'HÔTEL MAUDIT
Alain Surget.

L'IMPASSE DU CRIME
Jay Bennett.

L'INCONNUE DE LA SEINE
Sarah Cohen-Scali.

LE LABYRINTHE DES CAUCHEMARS
Jean Alessandrini.

LA MALÉDICTION DE CHÉOPS
Jean Alessandrini.

MENSONGE MORTEL
Stéphane Daniel.

LE MYSTÈRE CARLA
Gérard Moncomble.

COLLECTION Cascade

CASCADE POLICIER

NE TE RETOURNE PAS
Lois Duncan.

L'OMBRE DE LA PIEUVRE
Huguette Pérol.

OMBRES NOIRES POUR NOËL ROUGE
Sarah Cohen-Scali.

ON NE BADINE PAS AVEC LES TUEURS
Catherine Missonnier.

L'ORDINATUEUR
Christian Grenier.

PAS DE QUOI RIRE !
Jean Alessandrini.

PIÈGES ET SORTILÈGES
Catherine Missonnier.

POURSUITE FATALE
Andrew Taylor.

QUI A TUÉ ARIANE ?
Yves-Marie Clément.

RÈGLEMENT DE COMPTES EN MORTE-SAISON
Michel Grimaud.

SIGNÉ VENDREDI 13
Paul Thiès.

LA SORCIÈRE DE MIDI
Michel Honaker.

SOUVIENS-TOI DE TITUS
Jean-Paul Nozière.

UN TUEUR À LA FENÊTRE
Stéphane Daniel.

LE TUEUR MÈNE LE BAL
Hervé Fontanières.

LE VAMPIRE CONTRE-ATTAQUE
Hervé Fontanières.

LES VISITEURS D'OUTRE-TOMBE
Stéphane Daniel.

LES VOLEURS DE SECRETS
Olivier Lécrivain.

CASCADE POLICIER – LE COMMANDEUR

LE CHANT DE LA REINE FROIDE
Michel Honaker.

LA CRÉATURE DU NÉANT
Michel Honaker.

LE GRAND MAÎTRE DES MÉMOIRES
Michel Honaker.

MAGIE NOIRE DANS LE BRONX
Michel Honaker.

LES MORSURES DU PASSÉ
Michel Honaker.

RENDEZ-VOUS À APOCALYPSE
Michel Honaker.

Achevé d'imprimer en avril 1998
sur les presses de l'Imprimerie Hérissey
à Évreux (Eure)
Dépôt légal : avril 1998
N° d'édition : 3066 – N° d'imprimeur : 80139